KB005230

마과회통, 역병을 막아라!

정약용이 전염병과 싸우는 생생한 역사의 현장

마과회통,
역병을 막아라!

정종영 지음

애플북스

목차

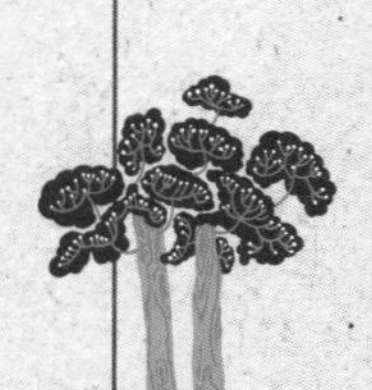

프롤로그

다산은 어떻게 역병을 막아 낼 수 있었을까?

지금까지 인류는 많은 재앙을 겪으며 살아왔습니다. 하지만 인류는 재앙과 싸우며 결국 승리를 얻어 냈습니다.

2020년 지금, 우리는 코로나19와 싸우고 있습니다. 과연 우리는 이겨 낼 수 있을까요?

저 역시 코로나와 싸워 이기고 싶었습니다. 재앙이 찾아와도 제가 맡은 역할은 포기할 수 없기 때문입니다. 바로 이것이 우리 앞에 놓인 가장 절실한 현실적 문제가 아닐까요. 가장은 가장의 위치에서, 학생은 학생의 위치에서 모두가 재앙을 극복해야 하는 절박한 현실에 놓여 있으니까요.

"어떻게 하면 코로나를 극복할 수 있을까?"

이런 생각을 수없이 했습니다.

사실 이런 문제는 아무리 고민해도 명쾌한 답을 찾을 수 없습니다. 아마 역사책을 보는 것이 더 빠를 수도 있습니다.

우리는 왜 역사를 공부할까요? 역사를 들여다보면, 오늘과 내일을 판단하고 앞으로 어떻게 나아가야 할지 방향을 정할 수 있기 때문입니다. 숲속에서는 바로 앞에 있는 나무밖에 볼 수 없지만, 높은 곳에서는 숲을 볼 수 있는 것과 같은 이치라 생각합니다. 그래서 저는 역사를 통해 이 문제를 풀어 보려고 노력했습니다.

역사를 들여다보면, 지금과 비슷한 사건을 어렵지 않게 찾을 수 있습니다. 역병에 관한 자료를 찾던 중, 다산 정약용이 쓴 《마과회통》을 알게 되었습니다. 다산이 살던 시대에도 역병이 일어났더군요.

《마과회통, 역병을 막아라!》에서 일어난 사건 중 일부는 허구이지만, 많은 부분이 사실입니다. 1797년 윤6월 2일, 정약용이 곡산 부사 제수를 받고 황해도 곡산으로 갔습니다. 다산은 곡산에서 홍역 치료법을 정리한 《마과회통》을 완성했습니다. 1798년 겨울, 조선 전역에 한질(역병)이 유행하여 12만 8천 명이 죽었습니다. 다산이 있던 곡산도 역병이 쓸고 갔습니다.

당시 곡산에 역병이 어느 정도 퍼졌는지 정확한 기록은 찾지 못했지만, 1799년 1월에 다산은 청나라 사신이 올 것을 예견하고 아전에게 준비시켰다는 기록이 있습니다. 이런 점을 볼 때, 황해도 곡산 지역만큼은 다산이 역병을 잘 막아냈다고 추측할 수 있습니다.

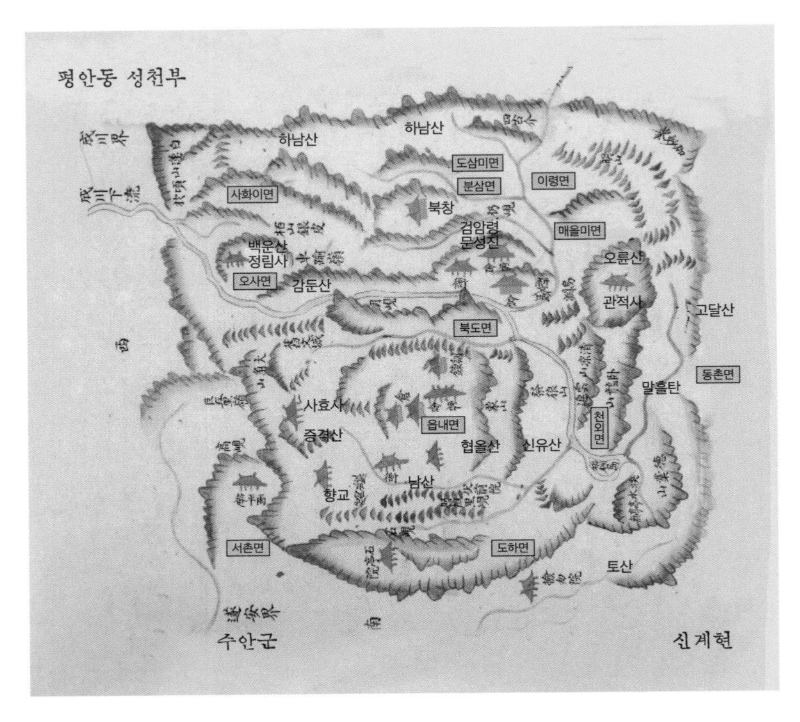

당시 황해도 곡산 지도

다산은 어떻게 역병을 막아 낼 수 있었을까요? 아마도 역병을 대비해 미리 준비했기 때문이 아닐까요? 구체적인 기록은 없지만, 《마과회통》과 《목민심서》를 통해 충분히 상상할 수 있었습니다.

제가 사는 대구·경북은 코로나19 초기에 가장 피해가 컸던 곳입니다. 이것을 악재라 생각하면 한없이 나쁘게 생각할 수 있습니다. 하지만 대구·경북 지역에 많은 환자가 나왔기 때문에 누구보다 더 많이 코로나19에 관한 자료를 손쉽게 얻을 수 있었습니다. 코로나19 초기의 상황, 집단 발병, 의료진의 실태, 전염으로 인한 차별과 인간성 상실, 가족애, 헌신과 배려, 일상의 그리움 등 이런 것이 이 책을 쓰는 데 많은 도움이 되었습니다.

코로나19, 이것은 우리 모두에게 닥친 현실입니다. 하지만 이런 재앙을 어떻게 생각하느냐에 따라 위기는 기회로 바뀔 수 있습니다. 앞에서 얘기했듯 재앙이 찾아와도 우리 모두는 자기가 맡은 역할에 충실해야 합니다. 그래야 개인은 물론 가족, 사회, 국가까지 행복할 수 있다고 생각합니다. 이런 바람을 담아 《마과회통, 역병을 막아라!》는 책을 써 보았습니다.

이 책이 나오기 전까지 많은 분이 도와주셨습니다. 언제나 아낌없는 조언으로 저를 질책하고 성장시켜 주신 고정욱 작가님, 부족한 저를 항상 이끌어 주신 우종익 형님, 아동문학의 올곧은 길을 향해 등불이 되어 주신 사)한국아동문학인협회 이창건 이사장님, 감수를 해 주시고 추천사까지 써 주신 다산연구소 박석무 이사장님께 감사 인사를 드립니다.

2020. 12. 정종영

추천사

세상을 사랑하는 마음으로 살아간다면

옛날에는 의료 수준이 아주 열악하여 전염병이 한 번 돌면 많은 사람이 죽을 수밖에 없었습니다. 그래서 호환마마(虎患媽媽)라고 하였고, 호랑이에게 피해를 입거나 천연두나 홍역에 걸려 죽는 경우가 흔하게 벌어졌습니다.

다산 정약용 선생님도 두 살 적에 천연두를 앓았다가 흉터가 생겨 오른쪽 눈썹이 세 갈래로 나뉘게 됩니다. 그래서 삼미자(三眉子)라는 별명을 쓰기도 했습니다. 선생님은 홍역과 천연두를 비롯한 돌림병으로 자식을 잃었습니다.

사랑하는 사람을 영영 못 보는 것보다 더 큰 슬픔이 어디에 있을까요? 《마과회통(麻科會通)》은 사람들이 그런 슬픔을 겪지 않기를 바라는 마음에서 지어진 것입니다. 이 책은 중국과 조선의 여러 책을 참고하고, 우리나라만의 진단과 치료법을 개발한 홍역에 대한 최고의 백과사전이었습니다.

정약용 선생님은 유행병이 번질 때 관(官)이 할 일을 《목민심서(牧民心書)》의 「애상(哀喪)」, 「관질(寬疾)」, 「진황(賑荒)」, 「설시(設施)」 조항에서 자세하게 정리해 놓았습니다. 병이 들어 죽은 사람의 가족과 장애인과 중환자에게는 국가의 의무를 감면해 주고, 형편이 어려워 돌아가신 분의 장례를 치르지 못하는 사람들도 도와주도록 하였습니다. 또한 나라에서 치료약을 보급하고 곡식을 나누어 주는 특별한 조치를 해야 한다고 주장합니다.

당연히 해야 할 일이라고 생각하겠지만, 실제로 행하기는 매우 어려운 일입니다. 《마과회통, 역병을 막아라!》에서는 다산 정약용 선생님이 역병에 철저히 대응하여 사람들의 생명을 지켜주는 이야기를 담았습니다. 작은 것도 놓치지 않고, 온갖 어려움을 극복하는 모습이 감동적입니다. 여러분도 잘 읽어보고 어떤 마음으로 세상을 살아야 할지 고민해 보는 기회가 되기를 바랍니다. '코로나19'라는 전염병으로 모든 국민이 위기를 느끼고 있는 때에 나온 책이라 더욱 권하고 싶습니다.

지금 '코로나19'로 사랑하는 가족을 잃은 분이 많습니다. 그런 일이 발생하지 않도록 의료 현장에서 희생해 주시는 분들의 수고를 잊어서는 안 될 것입니다. 나와 내 가족을 사랑하는 마음으로 세상을 보면, 다른 사람의 가족도 그만큼 소중하다는 것을 알게 됩니다. 이렇게 세상을 사랑하는 마음으로 살아간다면 여러분은 분명 정약용 선생님보다 더 훌륭한 일을 해낼 수 있을 것입니다. 희망을 잃지 않기를 바랍니다. 여러분을 응원합니다.

다산연구소 이사장 박석무

다산유고 마과회통 출처 강진군다산박물관

1. 할아버지의 죽음

"할아버지, 할아버지……."

구슬픈 소리를 듣고 약용이 걸음을 멈췄다.

"어느 쪽인 것 같으냐?"

돌쇠가 사방을 둘러보며 귀를 쫑긋 세웠다. 산허리 쪽에서 희미한 소리가 들렸다가 이내 사라졌다.

"저쪽 같습니다."

"가자."

말 떨어지기 무섭게 약용이 자드락길을 먼저 올랐다.

"나리, 그쪽은……."

곡산 읍내와 반대쪽이었다. 우거진 수풀을 헤치고 걸음을 재

촉했다. 고슴도치 같은 도깨비바늘이 도포 자락에 다닥다닥 달라붙었다. 가파른 산길은 산짐승도 잘 다니지 않은 듯 흔적마저 희미했다. 붉은 노을이 서쪽으로 힘없이 떨어졌다. 쓰러져가는 초가집 한 채를 보았다.

"할, 할아버지. 할아버지……."

얼마나 울었던지 쉰 목소리가 갈라졌다. 소리만 듣고는 남자인지 여자인지, 노인인지 아이인지조차 구분할 수 없었다. 한 발 한 발 다가갈수록 약용의 표정이 굳어졌다. 산적이 많기로 소문난 토산 자락이었다.

돌쇠가 문 앞까지 조심스럽게 다가갔다. 문이 열려 있었지만, 아무 소리도 나지 않았다. 고개를 내밀어 방 안을 슬쩍 살펴보았다.

"헉!"

깜짝 놀라 엉덩방아를 찧으며 일어났다.

"무슨 일이냐?"

약용이 달려가 방 안을 들여다보았다. 주검 앞에 어린 소년이 엎드려 울음을 토해냈다. 인성이 고개를 돌렸다. 힘겹게 일어나 방문 앞까지 겨우 걸어 나왔다.

"어떻게 오셨습니까?"

목소리에 힘이 없었다.

"길을 걷다가 통곡하는 소리를 듣고 달려왔다. 무슨 나쁜 일이라도 당했느냐?"

"할아버지, 할아버지께서 돌아가셨습니다."

들릴락 말락 한 작은 소리였다.

인성은 쪽마루에 걸터앉아 할아버지가 돌아가신 사연을 얘기했다. 열네 살 치고는 말재간이 제법 야무졌다.

보름 전 칠월 초하루, 인성과 할아버지가 감기에 걸렸다. 열이 나고, 목이 붓고, 기침도 심했다. 할아버지는 반평생 동안 약초를 캐며 살아왔다. 감기 정도는 약초 몇 뿌리 달여 먹고 하루이틀 쉬면 거뜬히 일어났다. 평소처럼 황금 뿌리, 미역취 줄기, 말린 도라지를 달여 먹었다. 사흘 뒤, 인성은 툴툴 털고 일어났지만, 할아버지의 병세는 더 나빠졌다. 귀 아래에 빨간색 두드러기가 돋아났고, 다음날은 더 넓어졌다. 몸이 불덩어리보다 뜨거웠다. 인성은 읍내로 달려가 의원을 모셔왔다.

허 의원이 할아버지의 몸을 살피다가 깜짝 놀라며 짐을 급히 챙겨 인성의 집에서 도망치듯 떠났다.

"읍내 의원이라면, 허 의원 말이냐?"

"네. 맞습니다."

약용은 믿을 수 없었다. 허 의원은 3대째 내려오는 소문난 명의였다. 병자를 두고 내려갔다는 말이 께름칙했다.

"혹시, 다른 증세는 없더냐?"

"배가 많이 아프다고……, 또 허리가 끊어질 것 같다며……."

"혹시 좁쌀같이 붉게 도드라진 모양은 없더냐? 그게 아니라면 그냥 점으로 보이더냐?"

뭔가 집히는 게 있었다. 약용은 몇 가지를 더 물었지만, 인성은 제대로 답하지 못했다. 인성은 할아버지가 평소 앓던 지병을 얘기하는 것 같았다.

"할아버지 연세가 어떻게 되시느냐?"

"일흔 셋입니다."

"음, 천수를 누리다 가셨구나. 네가 이렇게 정성을 다하는데, 분명 좋은 곳으로 가셨을 게다. 사흘 전에 돌아가셨다면, 내일 장례를 지내야 하는데……. 오는 길에 주변을 살펴보니, 도와줄 이웃이 없더구나. 오늘 여기서 하룻밤 묵고, 내일 초상 치르는 것을 도와주고 떠나마."

인성이 방으로 들어가자, 돌쇠가 쪼르르 달려왔다.

"나리, 저녁은 어떻게 할까요?"

"보리쌀 두어 됫박 꺼내 푸짐하게 저녁을 짓거라."

인성의 몫까지 챙기라는 뜻이었다. 돌쇠는 봇짐을 들고 부엌으로 들어갔다. 아궁이에 불을 피우고, 밥을 안쳤다. 남은 반찬이라도 있을까 싶어 살강 위를 살폈다.

"어!"

손때 묻은 낡은 책 두 권이었다.

"나리, 심심하실 텐데. 여기 책이 있습니다."

돌쇠가 책을 들고 마당으로 나왔다.

"웬 책이냐?"

소학과 십팔사략이었다. 소학은 송나라 때 주자가 유학의 기본을 가르치기 위해 쓴 책이고, 십팔사략은 증선지가 엮은 중국 역사책이었다.

'이 책을 본다면, 읽고 쓰는 것은 어느 정도 한다는 말인데……. 근처에 서당이 없을 텐데, 어디서 글을 배웠을까?'

약용은 시간을 때울 겸 십팔사략을 펼쳐 들었다.

여름 해가 떨어지고 금세 보름달이 떠올랐다. 돌쇠가 평상으로 개다리소반을 들고 왔다. 푸짐하게 담은 보리밥 세 공기에 간장 한 종지가 전부였다. 인성을 조용히 불렀다.

"제가 밥을 해야 하는데 정신이 없어서……, 죄송해요. 할아버지랑 단둘이 살다 보니, 반찬이 없습니다. 오이 짠지 담가 놓은 거 있는데, 그거라도 가져오겠습니다."

인성이 뒤꼍에서 오이지를 가져왔다.

약용은 밥을 먹으면서 이름, 나이, 가족에 대해 간단히 물었다. 시장이 반찬이라고 인성은 보리밥 한 그릇을 금세 해치웠다. 저녁을 먹고 난 후, 돌쇠가 식은 숭늉을 가져왔다. 인성이 얼른 일어나 두 손으로 받았다. 대접을 소반 옆에 놓다가 낯익은 책 두 권을 보았다.

약용이 개다리소반 밑에 놓아둔 책을 들어 올렸다.

"미안하구나. 미리 말했어야 하는데……, 주인 허락도 없이 책을 빌렸구나. 네가 보는 책이냐?"

"네. 제가 가끔……."

"그런데 책이 왜 부엌에 있느냐?"

"혹시, 불쏘시개로 쓰려고 가져다 놓은 거 아니겠습니까? 헤헤!"

돌쇠가 헤픈 웃음을 날리며 슬쩍 끼어들었다.

"그게 아니라……."

밤에는 불이 없어 책을 볼 수 없지만, 이른 새벽은 달랐다. 조용한 시간에 책장 넘기는 작은 소리가 할아버지 잠을 깨울 수 있었다.

"그래 맞다. 고요한 새벽에는 바스락거리는 소리에도 잠을 설칠 수 있지."

약용은 인성을 다시 한번 쳐다보았다.

'공부보다 더 중요한 게 효도라는 것을 알다니……. 이름처럼 성품이 참 바른 아이로구나.'

잠시 침묵이 흘렀다.

"이제 혼자인데, 할아버지를 보내드리고 나면 여기서 어떻게 살 생각이냐?"

부드러운 눈빛에 따뜻한 목소리였다. 인성은 아무 말도 하지 않았다.

"너 혼자 이런 산골에 두고 떠나려니 마음이 아프구나. 내일 할아버지 장례를 치르고, 우리와 같이 가자꾸나."

"한번 생각해 보겠습니다."

인성은 잠시 머뭇거리다가 입을 열었다.

다음 날 아침, 돌쇠가 양지바른 곳에 할아버지 무덤을 만들었다. 장례를 마치고, 인성은 약용에게 감사 인사를 드렸다.

"뭐하냐? 짐 안 챙기고."

돌쇠가 인성의 어깨를 툭 치며 말을 걸었다. 인성은 무덤덤한 표정을 지으며 방 안으로 들어갔다. 약용이 뒷짐을 쥐고 마당을 거닐었다. 구석구석에 말린 도라지, 더덕 같은 약초가 수북이 쌓여 있었다. 한참이 지났지만, 인성이 나오지 않았다. 혹시나 고개를 돌렸더니, 인성은 웅크리고 앉아 뚫어지게 벽을 쳐다보았다.

약용이 문 앞으로 다가갔다.

"인성아, 우리랑 같이 가지 않으련?"

"그래, 같이 가자. 우리 나리가 얼마나 훌륭하신 분인데. 소문 들어서 알겠지만, 이분이 바로 곡산 부사님이셔."

돌쇠가 방긋 웃으며 툭 끼어들었다.

인성은 곡산 부사라는 말에 깜짝 놀라 자리에서 일어났다.

"네. 저는 그것도 모르고……."

"괜찮다. 길가는 손님이 남의 집을 찾았으면, 자기가 누구인지 먼저 알리는 게 예의인데, 그럴 경황이 없었구나."

"죄송합니다. 지금이라도 인사를 드리겠습니다."

인성은 벌떡 일어나 큰절을 올렸다. 약용이 인성을 바라보며 고개를 끄덕였다.

"어르신, 할아버지와 이곳에서 평생을 살았습니다. 할 줄 아는 거라고는 약초를 캐서 파는 일밖에 없는데, 다른 곳에 가서 어떻게 먹고살겠습니까?"

"설마, 산 입에 거미줄 치겠느냐? 어떻게든 살게 해줄 테니 같이 가자."

"네?"

인성이 놀라 눈을 동그랗게 뜨며 약용을 바라봤다.

"돌쇠야, 저쪽에 보니 약초가 산더미처럼 쌓여 있구나. 지게에 실어 허 의원에게 가져다주거라. 내가 부탁한다고 꼭 전하고. 남은 건 일꾼 몇 명 더 데려와서 같이 옮기거라. 여기 있는 약초를 팔면 몇 달간 밥걱정은 안 해도 될 것 같구나."

"정말입니까?"

창백한 인성의 얼굴에 온화한 빛이 감돌았다.

2. 뒷방 아이 학유

아침 일찍, 인성이 머무는 초막으로 이방이 찾아왔다. 챙이 좁은 갓에 허연 철릭을 입고, 한 손에는 누런 책 한 권을 들었다.

“어제, 나리한테 얘기 들었다.”

“무슨 말씀이신지.”

이방은 약용이 한 말을 그대로 얘기했다. 글도 어느 정도 아는 것 같고, 성품이 바르니 곡산 관아에서 심부름할 아이로 쓰라는 지시였다.

“글을 얼마나 아는지 봐야겠구나. 여기 한번 읽어 보아라.”

이방이 책을 펼쳐 손가락으로 한 곳을 짚었다. 인성은 막힘없이 읽어 내려갔다.

“제법이구나.”

이방이 가죽 주머니에서 필묵통을 꺼냈다. 그러고는 책 뒷면 백지를 펼쳤다.

“십팔사략을 읽었다면, 소학 정도는 이미 봤을 텐데……. 생각나는 구절 하나 써 보거라.”

인성은 온몸이 얼어 붙은 듯 필묵통을 잡고 꼼짝도 하지 않았다.

“참, 이런 건 처음 써 보겠구나.”

이방이 붓을 빼서 먹물을 살짝 묻혀 주었다.

“그게 아니라…….”

할아버지한테 글을 배웠지만, 붓과 종이를 살 만큼 형편이 넉넉지 않았다. 나뭇가지로 땅바닥에 글씨를 써 봤을 뿐, 진짜 붓은 처음이었다. 덜덜 떨면서 한 글자 한 글자 정성스럽게 써 내려갔다. 삐뚤빼뚤 엉망이었다.

“이게 글이냐 그림이냐? 쯧쯧!”

이방은 혀를 차면서 고개를 절레절레 흔들었다. 인성은 고개를 숙이며 한숨을 내쉬었다.

“내일부터 관아로 나와 심부름을 하여라.”

“정말요?”

깜짝 놀라 자리에서 벌떡 일어났다. 인성은 허리가 땅에 닿을 듯 몇 번이고 인사를 올렸다. 이방은 몇 마디를 덧붙이며 자리에서 일어났다. 몸 쓰는 일보다 글 쓰는 일이 더 많을 테니, 시간 날 때마다 글씨 연습을 더 하라는 말이었다. 듣고도 믿을 수 없었다. 몸을 쓰지 않고, 글을 읽고 쓸 줄 알면 일할 수 있다는 게 놀라웠다. 할아버지가 늘 하던 말이 떠올랐다.

'글이라는 게 당장 쓸 곳이 없어도, 언젠가는 요긴하게 써먹을 데가 있으니 성실하게 배워 두거라. 게다가 글을 모르면 손해 보는 게 한둘이 아니니다. 알겠느냐?'

할아버지 음성이 생생했다. 할아버지가 보고 싶어 자신도 모르게 눈물이 나왔다.

인성은 밤새 잠을 설치다가 자리에서 일어났다. 새로운 일에 대한 호기심과 낯선 곳에 대한 두려움이 겹쳐 잠자리가 뒤숭숭한 탓이었다. 인성은 기지개를 켜며 초막에서 나왔다. 희뿌옇게 아침이 밝아왔다.

곡산 관아는 엎어지면 코가 닿을 만큼 가까운 거리였다. 몇 걸음 떼자마자, 곡산 관아 담벼락이었다. 문 앞에서 돌쇠가 싸리비를 들고 어슬렁거렸다.

"형, 형, 저예요."

인성이 잽싸게 달려갔다. 돌쇠는 인성보다 세 살 많았다.

"조금 있다가 데리러 가려고 했는데. 빨리도 왔네. 뒷방으로 가자. 거기 나리가 계실 거야."

돌쇠는 싸리비를 기둥에 세워 놓고, 인성을 안으로 데려갔다. 인성은 신기한 듯 사방으로 고개를 돌렸다. 넓은 마당 뒤에 커다란 팔작지붕 건물이 있었다. 부사와 아전이 일을 보는 동헌 건물이었다.

"낮에는 왼쪽 방에 나리가 계시고, 이방, 형방 같은 육방 아전은 오른쪽 방에 계실 거야. 저기 가운데 대청마루에 의자가 보이지? 저기서 나리가 뭘 하는지 알아?"

"아뇨."

"나리가 의자에 앉아, '죄인을 하옥하라!' 하고 고함치면, 이방이 '예이!' 하고 대답하거든. 그러면 나졸이 죄인을 감옥으로 데려가. 무섭지!"

돌쇠는 어깨 힘을 주며 장난치듯 얘기했다.

동헌 옆을 지나 쪽문으로 들어갔다. 수령 가족이 사는 안채였다.

"나리."

돌쇠가 오른쪽 작은 방을 보며 나직이 읊조리자, 약용이 문을 열고 밖으로 나왔다.

"일찍 왔구나. 이쪽으로 들어오너라."

약용이 밝은 목소리로 얘기하며 방으로 들어갔다. 둘째 아들 학유가 일어나 반갑게 인사했다. 둘은 동갑이었다. 약용은 학유에게 인성을 맡기고 동헌으로 나갔다. 인성은 곳곳에 쌓여 있는 책을 보며 입을 쩍 벌렸다. 엄청나게 책이 많았다. 수백 권도 넘어 보였다.

"와! 이게 전부 책이야?"

"응. 아버지가 지금 책을 쓰시거든. 나는 옆에서 도와드리는 거고."

학유는 바닥에 놓인 책을 하나씩 보여 주었다. 홍역 치료 방법을 정리하기 위해 약용이 보는 책이었다. 학유는 책을 보면서 비슷한 내용을 뽑아 한곳에 정리했다. 백지로 공책 만드는 일을 인성에게 맡겼다.

"공책?"

"책을 쓰거나 정리하려면 공책이 많이 필요해. 어떻게 만드는지 보여 줄게."

학유가 한지 뭉치를 꺼내 책 묶는 방법을 알려 주었다. 접은 한지에 구멍 다섯 개를 뚫고, 실을 꿰는 방법이었다.

"처음 할 때는 힘들어도 몇 번 해보면 어렵지 않을 거야. 매일 살펴보고 두세 권 남았을 때, 새로 만들어 줘. 알겠지? 이번에는 혼자 한번 해 봐."

인성이 종이를 접고, 학유는 책상에 앉아 책을 보며 붓으로 공책에 글을 적었다. 인성이 공책 한 권을 만들었다. 학유 말처럼 그렇게 어렵지 않았다. 학유가 틈날 때마다 옆으로 다가와 인성에게 말을 걸었다. 인성은 할아버지와 산에 살던 얘기를 들려줬다. 학유는 인성이 하는 말에 귀를 기울이며 좋아했다.

"정말, 나는 약초를 한 번도 캐본 적이 없는데, 나중에 약초 캐러 같이 가자. 응?"

학유가 부러운 눈으로 인성을 바라봤다. 인성은 학유의 따뜻한 표정과 다정스러운 말투가 좋았다.

다음 날, 인성은 아침부터 공책을 만들었다. 질긴 한지를 책 크기로 자르는 게 쉽지 않았다.

"휴! 생각보다 힘드네."

혼잣말하면서 고개를 돌렸다. 학유가 정신없이 책장을 넘기며 글을 적었다. 인성은 문뜩 이상한 생각이 들었다. 또래 양반 자식은 과거 공부에 열을 올리는데, 학유는 논어, 중용 같은 경전과 시경, 주역 같은 경서에는 관심이 없는 것 같았다. 온종일 서재에 있는 책만 보았다.

"너는 왜 이런 책만 보니? 과거 공부 안 해?"

"글쎄. 내가 이런 책을 꼭 봐야 할 이유가 있지."

학유가 잠시 뜸을 들이다가 얘기를 시작했다.

1775년에 이어 1776년 가을에도 홍역이 돌았다. 많은 사람이 목숨을 잃었다. 한양에 살던 약용도 홍역을 피할 수 없었다. 약용은 고향 마재로 내려와 홍역과 씨름했다. 쉽게 치료할 수 있는 병이 아니었다. 걸리면 대부분 죽고 마는 무서운 돌림병이었다.

약용의 소식을 듣고, 몽수 이헌길이 달려왔다. 이헌길은 큰형 약현의 처가 친척이었고, 홍역 치료에 관해 신의로 불릴 만큼 유명한 의원이었다. 이헌길의 헌신적인 치료 덕분에 약용은 홍역을 이겨 내고 건강을 되찾았다.

"20년 전에 그런 일이 있었다고?"

"맞아. 몽수 어른이 아버지를 살리신 거지."

"역병에 걸리면 다 죽는다고 들었는데……."

"맞아. 역병은 아무나 고칠 수 없어. 몽수 어른이니까 가능했겠지."

"그럼 은혜를 갚기 위해서 아버지와 아들이 의술을 공부하는 거야?"

"꼭 그런 건 아니고. 사실……, 우리 형제 세 명이 돌림병으로 죽었어."

"정말?"

"몇 년 전, 막내 여동생을 보내고 난 뒤 아버지는 엄청나게 슬퍼하셨어. 하늘을 멍하게 바라보면서 '몽수 어른만 있었으면……, 몽수 어른만 있었으면……' 하면서 눈물을 흘리셨지. 어릴 때지만, 내가 직접 들었어."

학유는 의원이 홍역에 관심을 두지 않아 많은 사람이 죽을 수밖에 없는 현실을 안타까워했다.

"그래서 역병에 관한 책을 읽고 정리하는구나."

약용이 자식을 끔찍이 사랑하는 것 같았다. 그런 아버지가 있는 학유가 부러웠다. 돌아가신 할아버지 얼굴이 떠올랐다. '자신이 의술을 알았다면, 할아버지 병을 낫게 해 주지 않았을까' 하는 생각이 얼핏 들었다.

"혹시, 의술 배우는 게 어렵니?"

"글쎄, 음, 잠깐만."

학유가 일어나 서재로 갔다. 책 한 권을 꺼내 인성에게 내밀었다.

"이 책 한번 읽어 봐. 내가 처음 공부할 때 읽은 책이야."

"입문대조환. 이걸 보면 의원이 될 수 있는 거야?"

"일단 읽어 봐. 너는 약초에 대해 많이 아니까, 금세 배울 수 있을 거야."

인성이 책을 펼치며 방에 앉았다. 모르는 한자가 거의 없지만, 읽어도 무슨 뜻인지 알 수 없었다. 학유가 슬쩍 다가와 뜻을 설명해 주었다.

"참, 조금 있으면 아버지가 오실 거야. 오늘은 점심 먹고 동헌에 가면 될 거야."

밝고 경쾌한 목소리였다.

"응. 알았어. 근, 근데 있잖아. 혹시 어머니는 안 계셔?"

"아니, 큰형이 과거 공부한다고 외갓집에 있거든. 어머니가 형 보고 싶다고 여동생을 데리고 한양에 가셨어. 아마 추석 전에 오실 거야."

"미안, 섬돌 위에 다른 신발이 보이지 않아서……."

3. 연자방아 사건

풀잎에 이슬이 맺힌다는 백로가 지났지만, 이른 아침부터 태양은 뜨거운 열기를 뿜어내며 꼭대기를 향해 꿋꿋하게 올라갔다.

"나리, 나리."

젊은 사내가 땀을 뻘뻘 흘리며 곡산 관아에 찾아왔다. 형방이 귀를 쫑긋 세워 얘기를 들어봤지만, 앞뒤가 하나도 맞지 않았다.

"멀쩡한 소가 그냥 죽었다고?"

"그러니 미칠 노릇이지요."

형방이 부사에게 들은 대로 보고했다.

"지금 온 자가 누구냐?"

형방은 젊은 사내에 대해 자세히 얘기했다. 소 주인은 매을미 마을에 사는 최 별감이고, 젊은 사내는 최 별감네 땅을 관리하는 마름이었다. 약용은 유향소 우두머리인 별감이란 말에 이 사건이 쉽지 않다는 것을 예감했다.

"한쪽 말만 듣고 어떻게 판단하겠느냐? 직접 가서 현장을 살펴보고, 상대방 얘기도 전부 듣고 오너라."

형방은 인성을 데리고 읍내 북쪽에 있는 매을미 마을로 달려갔다. 연자방아 앞에 여러 사람이 모여 수런거렸다.

"역병이 도는 거 아냐? 이런 날씨에 강 의원이 골골거리다 돌아가셨잖아."

"에끼! 재수 없는 소리 하지 말게. 역병이 돌면 우리 모두 다 죽네. 다 죽어."

형방을 보자 모두 약속이나 한 듯 입을 다물었다. 무리가 양쪽으로 갈라졌다. 형방이 연자방아 앞으로 걸어갔다. 인성은 가슴이 설레었다. 형방 뒤를 따라다니면서 불러 주는 대로 적는 게 전부지만, 어쨌든 처음 맡는 관아 일이었다.

연자방아 앞에 누런 황소가 쓰러져 있고, 타작하려던 나락이 산더미처럼 쌓여 있었다. 형방이 천천히 다가가 소를 살폈다. 인성은 옆에 바짝 붙어 눈을 크게 뜨고 귀를 쫑긋 세웠다. 한참이 지났지만, 형방은 아무 말도 하지 않았다.

형방이 소를 보다가 천천히 일어났다.

"소를 빌린 사람이 누구냐?"

"저, 접니다."

머리가 희끗희끗한 남자가 앞으로 걸어 나왔다. 최 별감에게 논을 빌려 농사를 짓는 한 씨였다.

"어떻게 된 건지 얘기해 보아라."

한 씨는 오늘 아침에 있었던 일을 모두 얘기했다. 듣고 보니, 마름이 한 얘기와 별반 다를 게 없었다. 형방은 난감했다. 아무리 생각해도, 소가 왜 죽었는지, 누가 잘못했는지 판단을 할 수 없었다. 형방은 인성을 한적한 곳으로 데려갔다. 그리고는 필묵통을 꺼내 편지를 적었다.

"지금 가서 부사 나리를 모셔 와야겠구나. 나는 아무리 봐도 모르겠다."

인성은 읍내까지 한걸음에 내달렸다. 더운 날씨에 땀이 비 오듯 쏟아져 내렸다.

"나리, 나리."

인성이 동헌으로 달려가 편지를 건넸다.

약용은 편지를 읽고 나서 책상 위에 올려 둔 책 한 권을 펼쳤다. 곡산에 오자마자 제일 먼저 정리한 곡산부 호적이었다. 이 책에는 각 마을에 사는 사람, 가족, 재산, 집 위치까지 꼼꼼히 적혀 있었다. 약용이 곡산부 호적을 살펴보고, 천천히 일어났다. 붉은 털로 끈을 꼬아 둘레를 장식한 모자인 전립을 벗었다.

"멀리 갈 때는 치렁치렁한 게 거추장스럽지."

혼잣말하면서 검정 쾌자와 알록달록한 동달이를 벗었다. 두루마기를 걸치고 갓을 썼다. 옷을 갈아입으니 고을 사또가 아닌 영락없는 나그네 차림이었다. 문갑에서 두툼한 보자기를 꺼내 봇짐 속에 넣고 일어났다.

"가자!"

약용은 빨리 걷지 않았다. 가다가 논을 보면, 아래로 내려가 벼를 살폈다.

"나리, 뭘 보십니까?"

"벼에 달린 나락 숫자를 세어 보면, 올해가 풍년인지 흉년인지 알 수 있지."

약용은 나락을 살피다가 얼굴을 찌푸렸다. 벼에 맺힌 나락 숫자가 생각보다 적어 마음이 아픈 듯 표정이 어두웠다.

"나리, 농사꾼도 아닌데, 왜 자꾸 나락을 살피세요."

"내가 아니면 누가 나락을 살펴보겠느냐? 농민은 먹고살기 바빠 농사에 관해 연구할 시간이 없지. 나랏일을 하는 관리가 농사를 연구해서 새로운 기술을 알려 줘야 농업이 더 발전하고, 농민도 잘살 수 있단다. 농사가 잘되면 누가 좋을까?"

"그거야, 농사짓는 농사꾼이겠죠."

"그래. 농사꾼도 득을 보지만, 모두 이득을 볼 수 있단다."

약용은 세상이 돌아가는 이치를 인성에게 설명했다. 농사가 잘되면, 농사꾼이 쌀을 팔아 옷을 사고 생선도 살 수 있었다. 옷감 장수와 생선 장수가 돈을 벌면 여러 가지를 또 구매할 수 있었다. 이렇게 돈이 돌면, 세상이 좋아진다는 이치를 설명해 주었다.

"정말 그런 것 같네요. 그러면 의학은 또 왜?"

"휴! 돌림병으로 많은 사람이 죽지만, 의원이 돌림병에 관심을 두지 않더구나. 치료 방법을 연구하고, 약재를 조금만 더 잘 알아도 많은 사람의 목숨을 살릴 수 있는데 말이다."

약용은 말을 끝내고 뭔가 생각하는 듯 잠시 눈을 감았다. 인성이 약용을 보았다. 많은 생각이 머릿속을 스쳐 갔다.

'자식을 또 잃을까 봐 의술을 익히는 게 아니었어. 정말 나라를 사랑하고, 백성을 아끼는 마음으로 모든 일을 하시는구나.'

오늘따라 약용의 모습이 더 위대해 보였다.

강을 건너 매을미 마을 입구에 다다랐다.

"가면 일이 많을 테니, 밥부터 먹고 가자!"

약용이 주막을 보고 먼저 들어갔다.

"꼬마 총각, 오랜만이네. 할아버지는?"

주모가 반가운 얼굴로 얘기하며 인성을 반겼다. 인성은 할아버지 생각에 아무 말도 하지 못했다.

"여기 국밥 두 그릇 주시오."

"오늘 운 좋게 딱 잘 왔수. 오늘은 특별히 국밥 대신 백숙을 드리거든요."

주모가 속사포처럼 말을 쏘아 대고는 얼른 부엌으로 뛰어갔다.

"할아버지와 여기 자주 왔구나."

"네, 한 달 전에도 강 의원 약방에 약초를 갖다주러 왔다가 여기서 밥을 먹었……. 저, 뒷간 좀 다녀올게요."

할아버지 얘기를 꺼내자 울컥 슬픔이 북받쳐 올랐다. 인성은 눈물을 감추려고 얼른 일어났다. 밖으로 나가 뒤꼍으로 걸어갔다.

손님이 들어오며 주모를 보고 한마디씩 툭툭 뱉었다.

"오늘 백숙이라며?"

"자린고비 주모가 오늘은 웬일이래. 해가 서쪽에서 뜨겠네."

앉을 자리가 없을 만큼 손님이 미어터졌다. 약용은 두리번거리며 손님이 주고받는 대화에 귀를 기울였다. 인성은 뒤곁에 있는 닭장 앞에서 눈물을 닦다가 고개를 갸웃거렸다.

"어!"

홰를 올라탄 수탉이 꾸벅거리다가 밑으로 툭 떨어졌다. 인성은 고개를 숙여 닭장 안을 보았다. 수탉은 일어나려고 몇 번을 푸드덕거리며 날갯짓했다. 그러다 힘이 빠진 듯 꼼짝도 하지 않았다. 수탉 옆에도 암탉 두 마리가 죽은 듯 뻗어 있었다.

"하필이면 내 앞에서 죽을 게 뭐람."

인성은 혼잣말하면서 다시 마당으로 돌아갔다. 김이 모락모락 나는 백숙 두 그릇이 소반 위에 있었다. 고기를 보자, 기분이 좋아졌다.

"어서 먹거라. 야들야들한 게 맛이 희한하구나."

약용이 흐뭇한 표정을 지으며 뼈를 발라냈다.

고즈넉한 길을 따라 마을로 들어갔다. 형방이 약용을 보자 잽싸게 뛰어왔다.

"나리, 오셨습니까. 최 별감도 나와 계십니다."

"어디 계신가?"

약용이 최 별감 있는 곳까지 다가가 공손히 인사했다. 최 별감은 인사를 하는 둥 마는 둥 고개를 끄덕거리며 약용에게 다가왔다.

"별일도 아닌 것 가지고, 이렇게 걸음을 하셔서 송구스럽소. 빨리 매듭짓고 우리 집에 가서 식사나 하고 가십시다."

아랫사람 대하듯 고개를 빳빳이 세우며 거드름을 피웠다. 인성은 바로 뒤에서 최 별감을 보았다.

'부자라서 그런가?'

펑퍼짐한 몸에 비단 도포를 걸치고, 아무나 신지 못하는 당혜를 신었다. 최 별감이 뒷짐을 지며 주변을 어슬렁거리자, 몇몇이 눈치를 보며 슬슬 사라졌다.

약용은 최 별감을 별로 신경 쓰지 않았다. 예의를 갖춰 인사하고 연자방아 앞으로 묵묵히 걸어갔다. 인성은 알쏭달쏭한 사건을 약용이 어떻게 해결하는지 궁금했다.

"인성아, 이쪽으로 오너라."

약용은 봇짐을 풀고 소 옆에 쪼그려 앉았다. 양손으로 소 입을 벌리고 인성에게 잡으라고 시켰다. 이빨을 보고 난 뒤, 잇몸 상처를 찾아냈다. 소 혀에도 혓바늘이 돋아나 있었다. 몸통으로 눈길을 돌렸다. 앞 다리에 벌건 상처 여러 개가 있었다. 소 발굽 사이에도 허연 수포가 보였다. 약용은 마지막으로 보자기 속에서 은비녀를 꺼내 소 입에 넣었다 뺐다. 은빛이 변하지 않고 그대로

였다.

"저것 좀 보게. 부사가 소도 볼 줄 아는 거야?"

"은비녀 아닌가? 소에게 독을 먹인 거야?"

몇몇이 지켜보다가 수군거리며 한마디씩 던졌다.

약용은 일어나 최 별감네 마름을 불렀다.

"자네, 여기 상처는 언제 생겼는지 아는가?"

약용이 가리키는 곳은 앞다리와 소 발굽이었다.

"사흘 전에 생겼습니다. 아직 어린 소라 코뚜레를 당겨도 천방지축 날뛰다 보니, 여기저기 상처가 많습니다."

"그러면 잇몸 상처와 혓바늘은?"

"그, 그건……."

당황한 듯 대답을 제대로 하지 못했다.

이번에는 한 씨를 불렀다.

"소가 죽는 것을 본 사람이 있느냐?"

"몇 명 있었습니다. 소는 제가 빌렸지만, 타작은 몇 집이 늘 같이했습니다."

"누구냐?"

한 씨가 말한 사람은 대장간 최 씨, 감나무 집 정 씨, 철규 아범이었다. 한 씨가 두리번거리며 세 사람을 찾았지만, 어디 숨었는지 흔적조차 찾을 수 없었다.

“어, 이상하다. 조금 전까지 있었는데.”

“알겠네. 잠시 기다리면 판결해 주겠네.”

나지막하고 차분한 목소리지만, 주변 사람 모두 깜짝 놀라며 약용에게 고개를 돌렸다. 웅성거리는 소리가 점점 커졌다. 약용이 둥근 바탕 돌 위에 백지 한 장을 올려놓고 붓을 잡았다.

4. 어긋난 판결

임금이 보낸 현감, 부사는 자기가 맡은 고을을 소신껏 다스려야 했지만, 유향소 때문에 늘 골치가 아팠다. 유향소는 수령이나 이방, 형방 같은 6방 아전을 감시하지만, 필요 이상으로 많은 일에 끼어들며 참견하기 일쑤였다. 게다가 유향소 우두머리인 별감이 독한 마음을 먹으면, 고을에서 하지 못할 일이 없을 만큼 힘이 강했다. 이런 형편은 곡산 읍도 예외가 아니었다.

약용이 붓을 내려놓고 잠시 눈을 감았다. 모두 약용을 보며 웅성거리기 시작했다.

"벌써 다 쓴 거야? 어떻게 됐을까?"

“소가 죽었으니, 소 값을 물어 줘야지.”

“멀쩡한 소가 왜 죽어? 병에 걸렸으니 죽었겠지. 안 그래?”

서로 한마디씩 말을 툭툭 뱉어 내며 자기 생각을 얘기했다.

약용은 눈을 뜨고 천천히 고개를 돌렸다. 마름은 발을 동동 구르며 판결을 기다렸고, 최 별감은 흐뭇한 미소를 지으며 당당하게 서 있었다. 한 씨는 똥 마려운 강아지처럼 안절부절못하며 몸을 떨었다. 불안에 떠는 사람은 한 씨뿐만이 아니었다. 농사꾼으로 보이는 이들 대부분 표정이 비슷했다.

약용이 다시 붓을 잡았다. 수군대던 사람 모두 입을 다물었다. 잠시 침묵이 흘렀다. 약용은 주막에서 들은 얘기를 떠올렸다.

“소가 픽 쓰러지더니, 그냥 죽어버리는 거 있지.”

“정말인가?”

“오늘 아침, 연자방아 앞을 지나가다가 똑똑히 봤어.”

“나도 봤네. 봤어. 오십 평생에 그런 일은 처음일세. 처음이야!”

건강한 소가 아님은 분명했지만, 상처 몇 개 때문에 소가 죽었다고 결론 낼 수 없었다. 은비녀를 찔러봤지만, 검게 바뀌지 않았다. 소에게 독을 먹인 것이 아니었다. 그렇다고 한 씨의 얘기도 무시할 수 없었다. 사건을 직접 본 사람도 꽤 있는 듯했지만,

최 별감 앞이라 모두 말을 꺼리는 것 같았다.

약용은 둥근 바탕 돌 위에 붓을 놓고 뒤를 돌아보았다. 최 별감네 마름을 불렀다.

"요즘 소 한 마리 값이 얼마 하느냐?"

"이 정도 소라면 스무 냥은 족히 줘야 합니다."

마름은 최 별감 눈치를 슬쩍 보면서 목청을 높였다. 뒤에 있던 소 장수가 툭 끼어들었다.

"에잇 무슨 소리야. 암소도 아니고 황소를 누가 그렇게 준답디까? 열댓 냥이면 충분하지."

"열다섯 냥이면 되겠느냐?"

"예. 그렇게 하십시오."

마름이 뒷머리로 손을 가져가며 멋쩍은 웃음을 지었다.

약용은 판결문을 쥐고 두 사람을 앞에 세웠다. 한 씨가 최 별감에게 세 냥을 물어주라는 판결을 내렸다. 모두 깜짝 놀라며 웅성거렸다. 최 별감이 얼굴을 찌푸리며 앞으로 나왔다.

"뭐, 세 냥? 황소는커녕 송아지도 못 사겠네! 무슨 근거로 그렇게 판결을 내렸는지 이유나 들어 봅시다."

최 별감이 화가 난 듯 꽤 거친 목소리로 따졌다.

"어떤 이유로 죽었는지 정확히 알 수 없지만, 건강한 소라

는 것은 인정할 수 없소. 또한, 일부러 죽였다는 증거도 나오지 않았소. 결국, 소가 죽은 것에 대해 한 씨 잘못이 없다고 판단했소."

약용의 목소리가 차분했다.

"그럼 세 냥은 또 뭐요?"

최 별감은 어이가 없다는 듯 고개를 흔들었다.

"남의 것을 빌렸다면, 원상태로 돌려줘야 하는 게 당연한 도리요. 한 씨는 남의 물건을 잘 지키지 못한 잘못이 있소. 그것에 대한 책임을 지라는 뜻에서 세 냥을 물어 주라고 판결을 내린 거요."

약용이 말을 하는데 최 별감이 툭 끼어들었다.

"그러니까 왜 세 냥이냐 말이요?"

"죽은 소는 누가 가져갈 거요?"

"소 주인이 난데, 당연히 내가 가져가야지."

"소 덩치로 보아, 고기로 팔면 열두세 냥은 족히 받을 것이요. 그러니 그것에 대한 손해를 물어 주라는 뜻이오."

최 별감은 더 할 말이 없었다. 약용이 일방적으로 한 씨 편만 드는 것 같아 기분이 몹시 나빴다. 최 별감은 입술을 꼭 깨물며 약용을 노려보았다.

약용이 한 씨를 보며 입을 열었다.

"언제까지 세 냥을 줄 수 있느냐?"

"열흘이면 충분합니다. 오늘이 칠월 이십오일이니, 팔월 오일까지 갖다 드리겠습니다."

한 씨는 대답하면서도 식은땀을 줄줄 흘렸다. 약용은 돌아서서 붓을 들고 판결문을 마저 적었다.

"형방, 같은 내용으로 한 장 더 적어, 최 별감과 한 씨에게 내주시오."

약용은 형방에게 판결문을 건네주고 매을미 마을에서 나왔다. 인성이 뒤를 졸졸 따라갔다. 형방이 소를 보고 쩔쩔매던 모습이 쑥 떠올랐다.

'소를 보는 것부터 완전히 달랐어. 어디서 이런 차이가 생겼을까?'

곰곰이 생각하다가 예전에 할아버지가 산에서 한 말이 불쑥 떠올랐다.

재작년 여름이었다. 연둣빛 짙은 수풀 사이를 헤치고 지나가다 다섯 잎을 발견했다. 산삼인 줄 알고 깜짝 놀라며 입이 쩍 벌어졌다.

"할, 할아버지, 저, 저기!"

"오가피구나. 생긴 게 비슷해서 얼핏 보면 산삼인 줄 알지."

할아버지가 산삼과 오가피를 구별하는 법을 알려 주었다. 잎 개수는 모두 다섯이지만, 산삼은 아래 줄기에서 두세 개 줄기가 올라가 잎이 생겼다. 오가피는 아래 줄기가 나무껍질 같고, 잔가지가 아무렇게 올라가 잎이 났다.

'그래, 맞아. 아는 만큼 볼 수 있는 거야.'

인성은 약용의 뒤를 따라가면서 미소를 방긋 지었다.

'내가 이 사건을 맡았다면, 소가 죽은 이유를 찾다가 포기했을 텐데. 어르신은 어떻게 그런 판단을 내릴 수 있지?'

다시 생각해도 이 정도 판결이면 양쪽 모두에게 공정하다는 생각이 들었다.

그날 밤, 조 풍헌 집 마당에 매을미 마을 사람이 모였다.

"다들 온 것 같으니, 이제 시작하겠네."

조 풍헌이 일어나 주위를 살폈다. 대장간 최 씨가 헐레벌떡 뛰어 들어왔다.

"어르신, 늦어서 죄송합니다. 감기 기운이 있어, 잠시 눈을 붙였다가 지금 일어났습니다. 쿨럭쿨럭."

최 씨가 조 풍헌에게 인사하며 대청마루로 올라왔다.

"몸은 괜찮은가? 안색이 안 좋아 보이는데."

"아직은 견딜 만합니다."

최 씨가 대답하며 맨 뒤에 앉았다.

"급하게 모이자고 한 이유는 긴말 안 해도 자네들이 더 잘 알 거야. 이 일을 가만두면, 피해가 커질 것 같아 모두를 불렀네."

유향소에서 풍헌은 별감 바로 아래이기 때문에 조 풍헌은 누구보다 최 별감 성격을 잘 알았다.

"맞습니다. 때를 놓치면, 호미로 막을 거 나중에는 가래로 막아야 합니다. 최 별감 표정을 보니……. 쿨럭쿨럭."

중간에 앉은 철규 아범이 우직한 목소리로 대답했다.

"오늘따라 기침하는 사람이 왜 이리 많아?"

조 풍헌이 철규 아범을 바라보며 잔소리하듯 얘기했다.

"추분이 낼 모래 아닙니까? 아침저녁으로 날씨가 쌀쌀합니다. 어젯밤에는 자다 보니 너무 추워서 이불을 꺼내 덮고 잤지 뭡니까? 허허!"

철규 아범이 피식 웃으며 대꾸했다.

"그러고 보니 추석이 이제 코앞일세. 올해 농사가 엉망인데, 추석에는 뭘 해 먹나."

한 씨가 머리를 살래살래 흔들며 코맹맹이 소리로 말했다.

"집에서 나올 때 보니 닭이 골골거려 몇 마리 잡았는데, 내일

닭죽 한 그릇 먹으러 오지."

"하하, 닭죽 좋지. 좋아."

"싱거운 소리는 이제 그만하고, 하던 얘기 계속하세. 모두 알다시피 한 씨가 무슨 잘못이 있는가? 하지만, 판결 그대로 따랐다가는……."

"맞습니다. 어르신. 쿨럭쿨럭."

"판결은 어디 하나 흠잡을 데가 없습니다. 하지만 최 별감이 내년부터 땅을 안 빌려주겠다면……."

자기 땅 없이 모두 최 별감에게 논을 빌려 농사짓는 형편이었다. 내년에 논을 빌리지 못하면, 모두 굶어 죽는 거나 다름없었다.

"그래서 모두 모이라고 한 걸세. 어떻게 하면 좋겠는가?"

조 풍헌이 점잖은 표정을 지으며 차분하게 얘기했다.

"한 집에서 서 돈씩만 내면 소 값을 물어줄 수 있을 것 같은데 어떻습니까? 콜록콜록."

최 씨가 주변 사람 눈치를 살피다가 말을 슬쩍 꺼냈다.

"좋은 생각이네. 곡산 부사 덕분에 세금이 많이 줄어들었으니……. 그거 없다고 생각하면, 모두 마음이 편할 걸세."

조 풍헌이 고개를 끄덕이며 곡산 부사를 칭찬했다.

정약용이 곡산 부사로 온 다음, 과다하게 걷는 세금부터 바로 잡았다. 매년 봄가을에 황해도 감사가 나라에 바칠 특산물로 꿀을 요구했다. 명령을 받은 해주 감영은 곡산에 두 배를 요구했고, 곡산 관아의 아전은 백성에게 세 배를 거두었다. 정약용이 이런 사실을 알고 난 뒤, 딱 필요한 양만 걷어 세금을 줄여 주었다. 이것뿐 아니라 군사 복무 대신 내는 군포도 필요 이상 걷지 않았다.

"맞습니다. 줄어든 세금만 계산해도 한 냥이 넘습니다. 한 집에 서 돈이면 부담되는 돈도 아닙니다."

"쇠뿔도 단김에 빼라고 지금 당장 결정하시죠."

모두 찬성하는 듯 아무도 반대하지 않았다. 한 씨가 조심스럽게 일어나 고개를 숙이며 차분하게 얘기했다.

"쿨럭쿨럭, 죄송합니다. 모두 저 때문에……."

"자네가 무슨 잘못인가. 우리가 요 모양 요 꼴이라 그런 거지. 코딱지만 한 땅이라도 부쳐 먹으려면 어떡하겠나. 최 별감한테 굽신거려야지 별수 있겠어?"

조 풍헌이 말을 끝내고 일어나 한 씨 손을 꼭 잡았다. 모두를 찬찬히 둘러보다가, 다시 입을 열었다.

"일주일 안에 모두 돈을 준비해 두게. 무리하지 말고 형편껏

해 주면 좋겠어. 모자라는 돈은 내가 채워 넣을 테니 너무 염려하지 말게. 아마 열다섯 냥은 갖다 줘야 이번 일이 무사히 넘어가지 않겠나."

5. 특별한 아이

약용과 인성이 포목전에서 나왔다.

"어르신, 감사합니다."

"추석인데 새 옷 한 벌은 해 입어야 하지 않겠느냐."

약용이 웃음 띤 얼굴로 얘기하며 장터를 걸었다. 한가위가 얼마 남지 않아 그런지, 거리에 오가는 사람이 많았다. 약용은 길을 가면서도 가게에 들러 이것저것 값을 물어보았다. 장터를 거의 빠져나갔을 무렵, 약용은 허 의원 약방 앞을 보고 걸음을 멈췄다.

"저기 웬 사람이 저렇게 많지?"

혼잣말하면서 고개를 갸웃거렸다. 주변에 가게가 없어 사람이 몰릴 곳이 아니었다. 약용이 약방 앞까지 빠른 걸음을 놓았다.

"어르신, 안녕하십니까? 여기서 또 뵙네요."

낯선 총각이 약용을 보고 먼저 인사했다. 사흘 전 매을미 마을에 갔을 때 봤던 총각이었다.

"그래, 여기는 무슨 일로 왔느냐?"

젊은 총각이 읍내에 나온 이유를 말했다. 얼마 전부터 매을미 마을에 감기가 돌더니 일어나지 못하는 사람이 많다는 얘기였다.

"매을미 마을에도 약방이 있지 않으냐?"

"강 의원 말입니까? 열흘 전에 돌아가셨습니다. 들리는 말로는 감기에 걸려 못 일어났다는 얘기도 있고, 예전부터 계속 아팠다는 얘기도 있습니다."

총각은 묻지도 않았는데 입담 좋게 잇따라 말을 늘어놓았다.

"열흘 전이라고?"

약용은 혼잣말을 중얼거리며 고개를 갸웃거렸다.

"열흘 전이라면 저희 할아버지가 돌아가신 날과 비슷한데……."

인성도 나직한 목소리로 얘기하며 약용을 쳐다보았다. 순간 약용의 머릿속에서 뭔가 스치며 지나갔다. 인성의 할아버지가 마지막에 만난 사람이 바로 강 의원이었다. 게다가 두 사람이 비슷한 날짜에 죽었다는 것도 께름칙했다.

"알, 알겠다. 일 잘 보고 돌아가거라."

약용은 대충 얼버무리는 듯 얘기하며 약방 앞을 서둘러 빠져 나왔다. 곰곰이 생각하면서 곡산 관아를 향해 걸었지만, 점점 더 꼬여 가는 듯 머리가 복잡했다.

"요즘 매을미 마을에 연달아 이상한 일만 일어나는군. 한여름에 감기가 돌지 않나, 멀쩡한 소가 죽지 않나, 도대체 이유를 모르겠네."

"닭도 그냥 죽던데요."

인성이 걱실걱실 건네는 말투로 한 마디 툭 던졌다.

"닭은 또 뭐냐?"

약용이 움찔 놀라 고개를 돌렸다. 인성은 매을미 마을에 갔을 때, 주막에서 본 것을 얘기했다.

"정말이냐?"

매을미 마을 사람의 집단 감기, 인성의 할아버지와 강 의원의 죽음, 소와 닭의 죽음 모두 하나의 연결 고리가 있다는 생각이 들었다. 잡힐 듯 잡힐 듯 머릿속에서 뭔가 맴돌았다. 골똘히 생각하며 곡산 관아까지 걸어갔다.

뒷방으로 곧장 들어가 자리에 앉았다.

"학유야, 너도 여기 앉아 보아라. 상의할 게 있다."

학유가 인성의 옆에 앉았다. 약용은 책상 위에 백지를 한 장 펼쳐 놓고 붓을 들었다. 모든 사건을 처음부터 하나씩 다시 정리해 보기로 마음먹었다.

"인성아, 할아버지와 매을미 마을 약방에 간 게 언제냐?"

약용이 물어보면 인성이 대답했다. 질문이 꽤 많았다.

6월 30일 매을미 마을 약방 강 의원 감기 증세 - 강 의원, 인성, 할아버지 만남

7월 1일 인성, 할아버지 감기 증세

7월 18일 인성 할아버지 사망

7월 18일 강 의원 사망

7월 25일 연자방아 사건 - 소의 죽음

7월 25일 매을미 주막 - 닭의 죽음

7월 28일 매을미 마을 주민 여러 명 - 감기 증세

감기로 시작한 사건의 끝은 죽음이었다. 그렇다면 매을미 마을 사람이 걸린 감기의 끝도 죽음이 될 수 있었다.

"아버지, 조금 이상한 게 있어요."

"뭐냐?"

"여기를 보면 모두 감기에 걸렸고, 결국 죽었습니다. 소와 닭의 죽음도 관련이 있는 듯합니다. 인성에게는 좀 미안한 말이지만, 7월 1일에 인성이도 감기에 걸렸습니다. 그런데 왜 죽지 않았을까요?"

학유 말에 약용이 골똘히 생각했다.

"아차, 이건 감기로 보이지만, 감기가 아니다. 아무리 생각해도 지금 역병이 도는 것 같구나. 이런 날씨에 역병이 돌다니……, 도무지 알 수가 없구나."

"아버지, 역병이라면……, 혹시?"

"홍역 같구나."

약용은 말을 끝내고 인성에게 당시 상황을 다시 물었다. 초기에는 할아버지와 인성의 증세가 똑같았다. 사흘 뒤 인성은 회복했고, 할아버지는 일어나지 못해 결국 죽음에 이르렀다.

"아버지, 이걸 어떻게 설명해야 하나요? 증상이 같은데, 결과가 다른 건 이유가 뭘까요?"

"홍역에만 관심을 쏟다 보니, 다른 병은 생각도 하지 않았구나. 모든 것을 백지상태로 돌려놓고 모든 가능성에 대해 생각해봐야겠다."

약용이 둘을 쳐다보며 차분하게 얘기했다. 학유가 곰곰이 생각하다가 입을 열었다.

"인성의 얘기를 들어보면, 귀 아래에 빨간색 두드러기가 생기고, 다음날은 온몸으로 퍼졌다고 했습니다. 혹시 천연두가 아닐까요?"

"천연두는 아니야. 할아버지는 어릴 때 마마를 앓아서 얼굴에 곰보 자국이 남아 있어. 나도 어릴 때, 천연두를 앓았어."

인성은 고개를 저으며 바로 대답했다.

"그래, 맞다. 바로 그거다. 잠깐만 기다려 보아라."

약용이 무릎을 딱 치면서 벌떡 일어났다. 한참 동안 책장에서 책을 뒤적였다. 학유와 인성은 무슨 영문인지 몰라 얼떨떨하며 서로 얼굴만 바라보았다.

"그래, 여기 있군."

약용이 책을 들고 책상에 다시 앉았다.

"여기를 한번 보아라."

천연두와 홍역은 모두 어머니 몸에서 받은 태독 때문에 일어난다. 태독이란, 몸의 따듯함, 차가움, 뜨거움이다. 이런 증상의 정도 차이에 따라 병이 바뀐다.

인성도 약용이 가리키는 곳을 보았지만, 무슨 말인지 하나도 알 수 없었다.

"아버지가 무슨 생각을 하시는지 알겠어요."

학유가 차분한 얼굴로 약용을 바라보며 고개를 끄덕였다.

홍역과 천연두는 병의 원인이 같아 비슷한 점도 많다는 뜻이었다. 천연두에 걸려 완전히 낫게 되면, 두 번 다시 걸리지 않았다. 천연두처럼 홍역도 완전히 나으면 두 번 다시 걸리지 않는다는 말이었다.

"그러면 제가 홍역에 걸렸는데, 완전히 나았다는 말인가요?"

인성은 의심스러운 눈빛으로 약용과 학유를 번갈아 보았다.

"그래 맞다. 그래서 네가 죽지 않고 살아 있는 것 아니냐."

약용은 말을 하면서도 마음이 편치 않았다. 처음부터 왜 이런 생각을 하지 못했는지 너무 아쉬웠다. 인성의 할아버지가 돌아가셨을 때, 조금만 더 의심하고 주검을 살펴보지 못한 것을 후회하였다.

"인성아, 부탁할 게 있다."

"뭐지요?"

인성의 대답이 어눌했다. 분위기가 이상하다는 것을 직감했다. 심부름하는 아이에게 명령이 아닌 부탁을 한다는 것은 아주 특별한 일을 시키겠다는 뜻이었다.

"지금 매울미 마을에 홍역이 도는 것 같다. 마을에 가서 감기 증세가 있는 사람이 얼마나 되는지, 증세가 어떤지 자세히 알아보고 오너라."

"네? 지금 홍역이 도는 마을에 다녀오라는 말입니까?"

인성이 입을 쩍 벌리며 약용을 바라봤다.

"그래. 너 밖에 갈 사람이 없다."

인성이 너무 놀라 아무 말도 하지 못했다. 약용이 홍역에 대해 다시 설명했다. 천연두처럼 홍역에 걸린 뒤 완전히 나은 사람은 두 번 다시 걸리지 않았다. 설령 매을미 마을에 홍역이 돌아도 인성은 걸리지 않는다는 뜻이었다.

약용이 공책 한 권과 필묵통을 인성에게 내밀었다.

"인성아, 학유와 나는 치료 방법과 전염을 막을 방법을 찾아야 한다. 서두르지 않으면 매을미 마을뿐 아니라 곡산 전체가 전염병에 휩싸일 것이다. 매을미 마을에 갈 사람은 너밖에 없다."

약용이 부드럽게 말하며 인성의 손을 꼭 잡았다. 약용의 간절한 눈빛을 피할 방법이 없었다. 게다가 이것은 곡산 부사의 간곡한 명령이기도 했다. 인성은 힘없이 일어났다. 역병이 도는 마을로 간다고 생각하자 온몸에 힘이 쫙 풀렸다.

인성이 매을미 마을을 향해 걸었다.

"나리 말이 사실일까?"

혼잣말하며 약용을 떠올렸다. 오래되지 않았지만, 지금까지 본 약용은 남을 속이거나 자기 욕심을 채울 사람이 아니었다. 곡산 백성을 위하는 약용의 진심 어린 마음을 느낄 수 있었다.

"에잇 모르겠다. 어르신 말을 한번 믿어 보자."

매을미 마을로 들어갔다. 골목마다 아이들이 뛰어다니며 장난을 쳤다. 동네 아낙 몇몇이 집 앞에 모여 수다를 떨었다.

"어떻게 찾지?"

어슬렁거리며 이집 저집 기웃거렸다. 골목 안으로 들어가다가 약 달이는 냄새를 맡았다.

"옳지, 저 집이구나."

여름이라 방문을 활짝 열어 놓고, 방안에 아저씨가 누워 있었다. 요란한 기침 소리가 들렸다. 마당에서 약 달이는 꼬마에게 이름을 물었다.

"저요? 칠성이요. 근데 이름은 왜요?"

"귀엽게 생겨서 물어본 거야."

인성은 조금 떨어진 곳으로 가서 공책에 아이 이름을 적었다. 젊은 총각이 투덜거리며 앞집에서 나왔다.

"큰일이네. 가는 집마다 감기라니. 몇 푼 안 되는 돈 내기 싫어서 꾀병 부리는 것은 아닌 것 같은데……."

인성은 감기라는 말에 눈이 번쩍 뜨였다. 슬며시 뒤를 따라갔다. 젊은 총각이 인성을 보고는 눈을 부라리며 달려왔다.

"너, 뭐야? 왜 아까부터 따라다녀?"

"사실은요……."

인성은 곡산 부사 심부름으로 마을에 왔다고 얘기했다. 조 풍헌네 머슴인 젊은 총각은 며칠 전 있었던 일을 모두 말해 주었다.

"정말요?"

인성은 얘기를 듣고 깜짝 놀랐다.

"희한하지, 우리 주인도 누워 있는데, 그날 밤에 모인 사람 전부 감기에 걸렸으니. 쯧!"

6. 역병을 막아라!

“돌쇠랑 같이 가서, 이것을 만들어 오너라.”

학유가 약용이 건네는 종이를 받아 밖으로 나갔다. 약용은 자리에 앉아 역병을 막기 위해 해야 할 일을 적었다. 하나둘 적다 보니 순식간에 백지 한 장을 가득 채웠다.

“뭐부터 해야 할까?”

위에서부터 하나씩 꼼꼼하게 다시 보았다. 몇 번을 살펴봐도, 뒤로 미뤄야 할 일이 없었다.

“큰일인데…….”

한참을 고민했다. 각자 일을 하나씩 맡는 수밖에 다른 도리가 없었다. 이방을 안채 뒷방으로 불렀다.

"나리, 부르셨습니까?"

"들어오게."

이방은 고개를 갸웃거리며 들어갔다. 지금까지 단 한 번도 안채 뒷방으로 부른 적이 없었다. 뭔가 급한 일이 일어났다고 생각했다.

"매을미 마을에 역병이 퍼졌네. 인성을 보냈으니, 돌아오면 병자가 어느 정도인지 알 수 있을 거네."

"역병이라니, 정말입니까?"

이방이 화들짝 놀라며 약용을 바라보았다. 섬뜩한 기운이 몸을 훑고 지나가는 듯 얼굴이 하얗게 질렸다. 약용은 이방을 안심시키며 홍역을 막기 위해 해야 할 일을 자세히 설명했다. 요점은 딱 두 가지였다. 병자의 치료와 전염병이 퍼지는 것을 막자는 얘기였다.

"무엇을 먼저 해야 합니까?"

이방이 조심스럽게 물었다.

"역병을 막기 위해 병자를 모두 한곳에 모아야 하네. 그래야만 다른 사람에게 병을 옮기지 않아. 어디가 좋겠는가?"

약용이 설명하는 곳은 넓은 공간에 방이 많은 건물이었다. 이방은 매을미 마을에 있는 최 별감 집을 떠올렸지만, 얼굴을 찌푸리며 고개를 저었다. 아흔아홉 칸 기와집이지만, 최 별감 성격에 선뜻 집을 내줄 리 없었다. 게다가 며칠 전 판결에 불만이 있다는 것을 모르지 않았다.

곰곰이 생각하다가 북창을 떠올렸다. 읍내에서 북쪽으로 30리 올라가면 큰 창고가 있었다. 봄에 빌려준 곡식이 아직 들어오지 않아 창고는 거의 비어 있었다.

"나리, 북창이 좋을 듯합니다."

"중간에 강을 건너야 하지만, 매을미 마을과 멀지도 않고……."

약용은 혼잣말을 중얼거리며 생각하다가 북창으로 진료소를 정했다. 붓을 들어 종이에 적은 문장에 가운뎃줄 하나를 그었다. 이제 중요한 일 하나를 결정했다.

"아버지, 잠시 들어가도 되겠습니까?"

"어서 들어오너라."

학유가 하얀 천 조각으로 만든 구비복면(口鼻覆面)을 가져왔다. 약용이 복면을 들고 학유 뒤에 섰다.

"자세히 보게. 구비복면 사용법을 알려 주겠네."

하얀 천으로 학유 입과 코를 살짝 덮고 긴 줄을 당겨 뒤에서 묶었다. 약용은 홍역이 사람에게 어떻게 옮겨지는지 자세히 설명했다. 병자의 입에서 나오는 숨과 침 때문에 홍역이 퍼진다는 말이었다.

"이것이 숨과 침을 막아 주는 유일한 도구일세."

약용이 말을 끝내고 복면을 풀었다.

"자, 이것을 당장 만들어야 하네."

약용이 복면을 이방에게 건넸다.

"얼마나 만들어야 합니까?"

"최대한 많이, 곡산 백성 모두가 쓸 수 있을 만큼 충분하게 만들게. 하루라도 떨어지면 절대 안 되네. 이것은 단순한 천 쪼가리가 아닐세. 우리 생명을 지켜 줄 수 있는 유일한 방어막이네. 서두르게."

약용이 또 한 줄을 긋고 다른 일을 생각하는 사이, 이방은 붓을 들어 호방에게 전달하는 문서를 재빨리 적었다. 돌쇠를 불러 문서와 복면을 호방에게 전달했다.

"다음은 뭘 하면 되겠습니까?"

"의원이 필요하네. 읍내 허 의원과 오사 마을 최 의원에게 연락해서 바로 북창으로 넘어오라고 전하게."

"매을미 마을 강 의원은요?"

"얼마 전, 돌아가셨다고 들었네."

"알겠습니다. 분부대로 하겠습니다."

약용은 하나씩 모든 일을 처리해 나갔다. 병방은 읍내를 돌며 달구지를 빌렸고, 형방은 북쪽에 있는 소곶역으로 달려가 말을 가져왔다. 병방과 형방은 곡산 관아로 돌아와 창고에 있는 쌀을 모두 수레에 실었다. 호방은 읍내를 돌며 천을 샀고, 호방은 아낙네를 불러 모아 복면을 만들었다. 육방 아전 모두 정신없이 뛰어다니면서 각자 맡은 일을 야무지게 처리했다.

매을미 마을로 갔던 인성이 곡산 관아로 돌아왔다. 약용은 급한 듯 인성이 신을 벗기도 전에 마루까지 뛰어나갔다.

"어떻게 됐느냐?"

인성은 공책을 보여 주며 조 풍헌네 머슴에게 들은 얘기를 하나도 빠짐없이 전달했다.

"뭐라고!"

약용은 힘없이 고개를 저었다.

"나리, 이렇게 되면 다른 마을로 퍼지는 건 시간문제이지 않습니까?"

이방도 심각한 표정을 지으며 나직이 중얼거렸다. 약용은 입술을 깨물며 잠시 생각했다. 그리고는 이방에게 고개를 돌렸다.

"다른 방법이 없네. 지금부터 내 말을 잘 듣게."

곡산 내 12개 마을에 방을 내걸도록 지시했다. 홍역이 잠잠해질 때까지 장터, 주막, 서당, 향교 등에 여러 사람이 모이는 것을 금지하는 명령이었다.

"나리, 두레 모임은……."

"그것도 당분간 금지하게."

두레는 농번기에 농사일을 같이하기 위해 마을마다 만든 조직이었다.

"향교는 빼시는 게……."

이방이 말을 어물거렸다. 공자와 여러 성현에게 올리는 제사 때문에 많은 유생이 수시로 향교를 들락거렸다. 제사를 못 지내게 하면, 주변 양반이 들고일어날 게 분명했다.

"제사라, 제사라, 제사라……."

약용도 혼란스러운 듯 같은 말을 계속 중얼거렸다. 곧 추석이었다. 차례도 문제였다.

"나리, 향교는 빼야 하지 않을까요?"

이방이 약용의 눈치를 살피며 어색하게 웃었다. 약용도 선뜻 대답하기 힘들었다. 매형 이승훈의 일이 눈앞에서 가물거렸다.

칠 년 전인 1791년, 매형 이승훈이 평택 현감으로 부임하다가 도중에 다리를 다쳤다. 현감은 부임 직후 삼 일 안에 향교를 찾아가 공자와 성현의 제사를 지내는 게 당시 법도였다. 이승훈은 불편한 몸을 이끌고 향교를 찾아갔다. 제사에 참석했지만, 불편한 다리로 도저히 절을 할 수 없었다.

이 년 뒤, 이 일이 천주교 사건과 엮여 큰 문제가 되었다. 절을 올리지 못한 것이 제사에 참석하지 않은 것과 같다는 주장에 이승훈은 벼슬을 잃었다.

약용은 머리가 아팠다. 향교랑 잘못 엮이면 약용을 싫어하는 서인이 자신을 천주교 신자로 몰아갈 게 분명했다. 지금 곡산 부사로 온 것도 엄밀하게 따지면 서인의 음모와 예전에 읽은 천주교 책 때문이었다. 쉽게 결정할 수 없었다. 머릿속에 향교, 서인, 천주교라는 세 단어가 어지럽게 돌아다니며 부딪혔다. 약용은 잠시 눈을 감았다가 다시 뜨면서 주먹을 꼭 쥐었다. 온몸에 옷이 흠뻑 젖을 정도로 식은땀이 줄줄 흘러내렸다. 시간을 더 미룰 수 없었다. 자신보다 백성이 더 중요했다.

"이방. 향교까지 포함하시오. 역병을 막으려면 다른 방법이 없소."

사람을 바짝 얼게 할 정도로 섬뜩한 말투였다.

"예. 알겠습니다."

"지금 당장 고을마다 방을 내걸고, 유향소 별감과 풍헌에게도 모두 알리시오. 준비가 끝나면, 오늘 밤이라도 북창으로 떠나겠소."

"네, 알겠습니다."

이방이 방을 나가자, 약용은 큰 숨을 쉬며 호흡을 가다듬었다.

"아버지, 괜찮습니까?"

학유도 아버지의 괴로움을 모를 리 없었다. 지금까지 약용은 천주교 신자로 몰려 큰 피해를 보았다.

"괜찮다."

"아버지, 저도 북창으로 따라가겠습니다. 몇 달 동안 역병을 공부했습니다. 백번 읽는 것보다 한 번이라도 직접 보는 게 공부에 더 도움이 될 것 같습니다."

아버지 승낙이 떨어지자, 학유는 인성에게 고개를 돌렸다.

"같이 갈 거지?"

"나?"

인성이 대답하며 눈치를 살폈다.

"인성아. 네가 가서 꼭 해 줘야 할 일이 있다. 매울미 마을에 역병이 번지는 것을 막기 위해 네가 꼭 필요하다."

마을을 돌아다니며 아픈 사람을 찾아내는 일이었다. 병자를 빨리 찾아 진료소로 옮기면, 주변으로 번지는 것을 막을 수 있었다.

"그게 그렇게 중요한 일인가요?"

"이번 일에서 가장 중요한 것은 딱 두 가지다. 병자를 치료하는 일과 전염병이 퍼지는 것을 막는 일이다. 어느 것이 더 중요하다고 말할 수 없을 만큼 두 가지 모두 중요하다."

인성은 침묵하며 잠시 생각했다. 약용은 곡산 관아를 책임지는 부사이기 때문에 매읕미 마을에 가야 하는 게 당연했다. 육방 아전도 마찬가지였다. 하지만 학유는 왜 병자가 득실득실한 진료소로 가는지 이해할 수 없었다.

"학유야, 너는 안 무서워?"

"사실 나도 무서워. 하지만 조심하면 홍역에 안 걸려. 어, 어디 있지?"

학유가 말을 하면서 뭔가 찾았다. 학유는 밖으로 뛰어가 호방에게 맡긴 복면을 가져왔다. 약용이 뒤에서 묶어 주었다.

"인성아, 이걸 끼고 다니면 홍역에 걸리지 않아."

학유가 구비복면을 끼자, 약용이 옆으로 다가왔다.

"맞다. 몇 가지만 주의하면 홍역에 걸리지 않는다. 지금까지 역병 때문에 자식 세 명을 잃었다. 이제 학연, 학유, 구장밖에 남지 않았다. 그렇게 위험한 곳이라면, 학유를 왜 보내겠느냐?"

약용의 말에 인성은 고개를 끄덕였다. 아무리 생각해 봐도 틀린 말이 아니었다.

"저도 하나 주세요."

"조금만 기다려라. 준비가 끝나면, 모두 하나씩 나눠 줄 거다."

7. 공포와 두려움

손톱 같은 초승달이 하늘 꼭대기에서 머물다 아래로 힘없이 내려왔다. 주변을 밝히기엔 밤하늘 칠흑빛이 너무 어두웠다. 짐을 가득 실은 수레가 요란한 소리를 내며 읍내를 지나갔다.

"컹컹. 컹컹컹."

개 한 마리가 짖기 시작하자, 장이 선 것처럼 온 동네가 시끌벅적 소란스러웠다. 횃불을 보며 하나둘 밖으로 나왔다.

"매을미 마을에 역병이 돈다며? 우리도 짐 싸서 떠나야 하는 거 아니야?"

"추수가 코앞인데……, 여길 떠나면 뭘 먹고 살려고?"

발 없는 말이 천 리를 간다고 매을미 마을에 역병이 돈다는 소문이 순식간에 퍼져 나갔다.

정약용 일행은 곡산 읍내를 빠져나와 협을산 아래로 향했다. 마음이 급했지만, 엄청난 짐수레 때문에 어쩔 수 없이 먼 길을 선택했다. 강을 따라 북쪽으로 올라갔다. 나룻배로 강을 두 번 건너 새벽녘에 북창에 다다랐다. 어두운 하늘이 희뿌옇게 밝아 왔다.

새벽부터 모두 바쁘게 움직였다. 약용은 곳곳을 돌아다니며 작은 것 하나까지 꼼꼼히 챙겼다. 한낮이 되기 전, 어수선했던 창고가 진료소로 점점 변해 갔다.

북창은 꽤 넓은 곳이었다. 입구 문으로 들어가 넓은 마당을 지나면 기다란 객사 건물이 나왔다. 바로 뒤에 작은 건물 두 개가 나란히 붙어 있고, 뒤쪽 넓은 공터에는 큰 창고 여섯 개가 석 삼(三) 모양으로 나란히 마주 보았다.

객사는 숙소로 사용했고, 작은 건물 두 곳은 부엌과 약방으로 정했다. 큰 창고 건물은 두 칸마다 칸살이 질러 있어 병자 방으로 쓰기 적당했다. 큰 창고 하나에 병자 방 스무 개가 나왔다. 모두 백 이십 개였다.

점심때가 지나, 학유와 인성이 북창에 도착했다. 약용이 둘을 보며 빙싯 미소를 지었다. 학유와 인성이 봇짐을 각각 내려놓았다. 12권짜리 마과회통 2질이었다.

"시간 딱 맞춰서 도착했구나. 고생 많았다."

약용이 둘을 데리고 넓은 마당으로 향했다. 객사 건물 앞에 스무 명 정도 모여 있었다. 약용은 돌계단을 올라 건물 기단에 서서 아래를 보았다.

"여러분, 우리는 지금부터 눈에 보이지 않은 적과 싸워야 합니다. 역병을 두려워할 필요가 없습니다. 세 가지 규칙만 지킨다면, 절대 역병에 걸리지 않을 것입니다."

약용이 목에 힘을 주며 또렷한 목소리로 얘기했다. 세 가지 규칙도 설명했다. 구비복면을 반드시 쓸 것, 바람을 등지고 병자와 얘기할 것, 매일 옷을 갈아입는 것이었다.

"구비복면은 뭐지?"

"정말인가? 저것만 지키면 역병에 안 걸려?"

이러쿵저러쿵 한 마디씩 얘기하자 주변이 술렁거렸다. 약용이 인성과 학유를 앞으로 불렀다. 복면 쓰는 법을 보여 주었다.

"호방, 모두 하나씩 나눠 주게."

모두 한 줄로 서서 복면을 받았다. 육방 아전, 나졸, 하인, 찬모까지 모두 복면을 쓰고 각자 맡은 일을 시작했다.

약용이 두 의원을 데리고 객사로 들어갔다. 허 의원은 복면이 어색한지 얼굴에 손이 자꾸 올라갔다. 약용은 매을미 마을에 번지는 홍역에 관해 먼저 얘기하고 치료를 부탁했다.

"최선을 다해 보겠지만……."

허 의원은 목을 움츠리며 나직이 웅얼거렸다.

오사 마을에서 온 최 의원이 자세를 고쳐잡고 입을 열었다.

"저, 저도 모르는 게 많습니다. 병자를 보면, 치료하는 게 도리지만……."

약용도 이런 사정을 모르지 않았다. 조선 시대를 통틀어 사망 원인 1위는 전쟁, 가뭄이 아닌 역병이었다. 하지만, 의원 대부분이 여러 가지 이유로 역병에 관심을 두지 않았다. 역병은 언제 찾아올지 알 수 없고, 치료도 어려웠다. 특히 병자를 가까이하다가 역병에 걸리면 목숨을 잃을 수 있어 모르는 게 더 낫다 생각했다.

"역병은 치료할 수 있는 병입니다. 병자가 들어오기 전에 이 책을 먼저 보십시오."

약용이 마과회통 2질을 내밀었다. 두 사람은 깜짝 놀라며 한참 동안 책을 들여다보았다.

"마과회통이라……, 처음 보는 책 같은데 누가 쓰신 책입니까?"

최 의원이 조심스럽게 물었다.

"부끄럽지만, 제가 정리했습니다. 아직 끝내지 못했지만, 워낙 긴박한 상황이라 가져왔습니다. 조금이라도 도움이 됐으면 좋겠습니다."

마과회통이란, 홍역에 관한 자료를 모두 모아 뜻이 잘 통하도록 만들었다는 의미였다.

아침부터 이방이 여러 마을을 돌아다녔다. 곳곳에 방을 붙이고, 장터, 주막, 서당, 향교, 유향소를 찾아가 곡산 부사의 명령을 전했다. 마지막으로 최 별감의 집을 찾아갔다.

"자네는 누군가?"

최 별감이 마당에 있다가 깜짝 놀라며 소리쳤다.

"저 모르시겠습니까? 곡산 관아 이방입니다."

목소리를 듣고 그제야 알아차렸다.

"그거 좀 벗게나. 산적도 아니고……. 대낮에 꼴이 그게 뭔가?"

"그, 그게……."

이방은 머뭇거리면서도 끝까지 복면을 벗지 않았다. 그러고는 매을미 마을에 번지는 역병과 약용의 명령을 전달했다.

"뭐라? 해도 해도 너무하는군. 가을이 되면 향교에서 석전제를 지낸다는 것을 모르는 사람이 없네. 공자님 제사는 어떻게 지내란 말인가?"

최 별감이 눈을 부릅뜨고 따지듯 물었다. 이방은 할 말이 없었다.

"왜 대답을 못 하는가? 몇 명 골골거린다고, 그깟 감기를 역병으로 몰아가다니, 약해 빠져서는……. 오늘 얘기는 못 들은 걸로 할 테니, 썩 물러가게."

최 별감이 말을 끝내고 방으로 쑥 들어가자, 이방은 할 수 없이 밖으로 나왔다.

최 별감은 자리에 앉아 책을 펼쳤다. 이방의 말이 불쑥 떠올랐다.

"당분간, 향교, 유향소에 여러 사람이 모이는 것을 금지합니다. 곡산 부사 명령이니 잘 따라 주시길 부탁드립니다."

아무리 생각해도 곡산 부사가 괘씸했다. 말을 돌려 했을 뿐, 결국 제사를 지내지 말라는 뜻 같았다. 최 별감은 이를 빠득빠득 갈면서 거친 숨을 내쉬었다. 그러다 예전에 어디선가 들은 얘기가 생각났다.

"그렇지, 정3품 당상관을 하다가 이 촌구석까지 온 이유가 천주학 때문이라고 들었어."

최 별감은 주먹을 불끈 쥐며 늘어진 볼살을 실룩거렸다. 큰 소리로 집사를 불렀다. 지금 바로 한양에 사람을 보내 정약용에 대해 알아보라는 지시를 내렸다.

해 질 무렵, 북창 진료소에 병자 열댓 명이 들어왔다. 조 풍헌 집 근처에 사는 사람이 많았다. 증세는 조금씩 차이가 있지만, 모두 열이 나고, 마른기침을 토해냈다. 약용이 허 의원과 최 의원을 병자 방으로 데려갔다. 인성이 횃불을 들고 뒤를 따랐다. 작은 창고 방마다 병자가 한 명씩 누워 있고, 바람이 잘 통할 수 있게 문이 활짝 열려 있었다.

"이제부터 병자를 보며 치료하는 방법을 알려드리겠습니다."

약용이 먼저 창고 안으로 들어갔다. 최 의원이 따라 들어왔지만, 허 의원은 두려운지 머뭇거리며 문턱을 넘지 않았다.

"괜찮습니다. 저를 믿으십시오."

약용이 점잖게 얘기하자, 허 의원이 할 수 없다는 듯 힘없이 발을 내밀었다. 약용이 병자에게 다가가 이마에 손을 올렸다. 달아오른 화롯불처럼 뜨거웠다.

"만져 보시오."

최 의원과 허 의원이 번갈아 손을 올렸다.

"인성아, 어두우니 조금 더 가까이 오너라."

약용이 손짓하자 인성이 횃불을 높이 들어 올렸다.

'인성이라고?'

허 의원이 조금 놀란 듯 뒤로 고개를 돌렸다. 주변이 어둡기도 했고, 복면까지 썼으니 서로 알아보지 못한 게 당연했다. 다시 보니 인성이 분명했다. 쥐구멍이라도 있으면 숨고 싶었다. 인성의 할아버지 목소리가 귓바퀴를 맴돌았다.

'자네, 나한테 그럴 수 있는가?'

정신이 아뜩하고 피가 거꾸로 솟구쳤다.

약용은 병자 입안을 살폈다. 여러 곳에 회백색 모래알 크기 반점이 있었다.

"홍역 초기 볼 수 있는 증세입니다. 아마 하루가 지나면 말끔하게 사라질 것……."

약용이 고개를 돌리다가 얘기를 멈췄다. 허 의원이 퀭한 눈빛으로 엉뚱한 곳을 보았다.

"허 의원님, 괜찮으십니까?"

"아, 아무것도 아닙니다."

허 의원이 손사래를 치며 약용 옆으로 얼른 다가왔다.

'뭐, 허 의원!'

횃불이 심하게 흔들렸다. 인성은 슬그머니 허리를 굽혔지만, 복면 때문에 허 의원 얼굴을 제대로 볼 수 없었다. 허 의원은 곁눈질로 인성의 행동을 유심히 살폈다.

"인성아, 그림자가 생기지 않도록 횃불을 높이 들어야지."

약용이 말을 하면서 병자의 팔목을 걷어 올렸다. 여기저기에 수많은 점이 찍혀 있었다.

“지금은 횃불 때문에 색을 구분하기 어렵지만, 밝을 때 다시 보면 분명 울긋불긋한 점일 겁니다. 천연두는 콩 같은 종기가 올라오지만, 홍역은 좁쌀같이 작습니다.”

약용은 홍역 초기 증세를 두 사람에게 설명했지만, 제대로 듣는 사람은 최 의원뿐이었다.

이제 치료 방법이었다.

“열을 천천히 내리는 게 중요합니다. 고르게 땀을 내어 겉에 있는 독을 먼저 없애야 홍역을 잡을 수 있습니다. 사흘이 고비이니, 통성산을 기본 약으로 사용하십시오.”

첫 번째 병자를 살펴보고 옆 방으로 건너갔다. 증상은 비슷해도 조금씩 차이가 났다. 기침, 가래가 많은 병자에게 어떤 약을 써야 하는지, 몸이 쑤시고 아플 때는 무슨 처방이 좋은지 알려주었다. 여러 병자를 살피고 마지막 방에서 나왔다.

“오늘 제가 알려드린 것은 모두 마과회통에 있습니다. 시간 날 때마다 살펴보면 치료에 도움이 될 것입니다.”

“예, 알겠습니다.”

허 의원이 얼른 대답하며 어디론가 급하게 사라졌다. 인성은 허 의원의 뒷모습을 뚫어지게 쳐다보았다. 허 의원이 도망치듯 산에서 급하게 내려가던 모습이 떠올랐다.

‘허 의원은 할아버지가 홍역에 걸렸다는 것을 정말 몰랐을까?’

인성은 허탈한 눈빛으로 허 의원이 사라진 곳을 바라보다가 힘없이 고개를 저었다.

최 의원은 약용을 붙잡고 궁금한 것을 또 물었다.

"약을 쓸 때, 주의할 게 있습니까?"

"열을 빨리 내리려고, 인삼, 백출, 반하 같이 더운 성질의 약을 먼저 쓰면 안 됩니다. 음식도 마찬가지입니다. 파, 마늘, 생강 등 매운 채소도 조심해야 합니다."

약용은 답을 하면서 여러 가지 증상에 따라 구분해야 할 약재까지 덧붙여서 얘기했다. 인성은 약용과 최 의원을 번갈아 보았다. 눈 감고 얘기만 들어 보면, 두 사람 중 진짜 의원은 약용인 것 같았다.

8. 점점 커지는 역병

인성이 병자가 득실득실한 넓은 방에서 까무룩 잠이 들었다. 허 의원이 인성의 복면을 벗기고 달아나며 문을 세게 닫았다. 쿵 소리에 놀라 눈을 뜨며 몸을 세웠다. 복면을 벗은 병자 몇몇이 성큼성큼 다가왔다. 거친 숨을 내뿜자, 바닥에 자욱한 안개가 내리깔렸다. 온몸에 좁쌀 같은 울긋불긋한 점이 쑥쑥 올라왔다. 소리치며 문을 두드렸지만, 꿈쩍도 하지 않았다.

"안 돼요. 안 된다고요."

인성은 소리치며 이불을 걷어찼다. 눈을 뜨고 입에 손을 올렸다. 복면이 없었다. 깜짝 놀라며 사방으로 고개를 돌렸다. 머리

맡 베개 옆에 복면이 있었다.

"휴. 다행이다."

다시 생각하기도 싫은 끔찍한 악몽이었다.

자리에 누웠지만 잠이 오지 않았다. 멀뚱멀뚱 천장만 보다가 몸을 일으켰다. 인성은 복면을 쓰고 방에서 나갔다. 새벽 공기가 제법 쌀쌀했다. 쪽마루 끝에 앉아 넓은 마당을 쳐다보았다. 낮 동안 번잡했던 넓은 마당이 언제 그랬냐는 듯 너무 고요했다.

"쓱. 쓱."

작은 소리가 들렸다. 인성은 귀를 쫑긋 세우며 소리 나는 곳으로 고개를 돌렸다. 촛불에 비친 그림자가 문종이에 어렴풋이 일렁였다. 허 의원의 방이었다.

'뭘 하는 거지?'

끝방 앞으로 살며시 다가갔다. 책장 넘기는 소리였다. 어제 아침에 학유와 함께 갖다 놓은 마과회통이 떠올랐다.

'칫! 돌팔이 주제에 마과회통은 왜 봐?'

인성은 얼굴을 찌푸리며 넓은 마당으로 나갔다. 창을 든 나졸 두 명이 문 앞을 굳건히 지켰다. 이제 이곳은 아무나 들어올 수 없고, 마음대로 나갈 수 없는 곳으로 바뀌었다.

뒷 건물에서 연기가 피어올랐다. 밥 짓는 냄새가 코를 간질였다. 아주머니 서넛이 부엌에서 아침 준비로 부산을 떨었다. 평상 위에 있는 작은 소반 열댓 개를 보자 기분이 상했다. 어제는 점심, 저녁 모두 주먹밥만 먹었다.

"누군 밥상에 차려 주고, 누군 계속 주먹밥만 먹고……."

인성은 투덜거리며 몸을 돌렸다.

"이봐, 꼬마 총각."

부엌에서 아주머니가 인성에게 손짓하며 불렀다.

"왜요?"

"배고프지? 얼른 한 상 차려줄 테니, 들고 가 네 방에서 먹거라."

"정말요?"

인성은 밝은 목소리로 대답하며 평상 앞까지 뛰어갔다.

"어제는 주먹밥만 먹어 아주 배가 고팠을 거야. 푸짐하게 펐으니 많이 먹거라."

"바쁜 일 없으면, 밥을 먹고 여기 있는 소반을 객사 방으로 날라줄 수 있겠니?"

아주머니가 밥 나르는 규칙을 얘기했다. 절대 방 안까지 들어가지 말고 쪽마루에 두면, 자기가 소반을 가지고 방 안에서 혼자 밥을 먹어야 했다. 다 먹은 밥상을 쪽마루에 두면, 사람이 없을 때 치워 간다고 했다. 인성은 아침을 후딱 해치우고 객사 방으로 소반을 날랐다.

떠오르는 아침 해를 보며 마루에 걸터앉았다. 고작 삼 일 지났을 뿐인데 참 많은 일을 했다는 생각이 들었다.

첫날은 곡산 관아에서 준비했고, 다음날 북창으로 올라와 진료소를 꾸렸다. 사흘째, 모든 사람에게 각자 할 일을 맡겼다. 밥 나르는 규칙을 정하고, 나졸은 온종일 문을 지키게 했고, 인성은 매을미 마을에서 병자를 찾았다. 짧은 시간 동안 작은 것 하나까지 놓치지 않았고 꼼꼼히 준비했다는 것이 너무 놀라웠다.

약용이 소반을 들고나와 쪽마루 위에 올려놓았다. 인성이 자리에서 벌떡 일어났다.

"이제 나가야 할 시간이구나. 조심해서 잘 다녀오너라. 환자 가족에게 구휼미를 꼭 받으러 오라는 말도 잊지 말거라."

인성이 진료소를 나왔다. 낮게 드리운 가을 햇살이 푸릇푸릇한 잎을 황금빛으로 물들였다. 사이사이마다 탐스러운 노란 감이 반짝반짝 빛났다. 예전에 먹던 단감이 생각났다. 이맘때면, 할아버지가 땡감을 따서 소금물을 붓고 독 안에 재워 두었다. 며칠 지나면 땡감이 단감으로 변했다. 맛있다고 하나 더 집으면 똥이 안 나온다고 못 먹게 했다. 꼭지도 못 버리게 했다. 할아버지는 감꼭지가 딸꾹질이 멈추는 약이라며 버리지 않고 모았다.

벌써 나루터 앞이었다. 섶다리를 건넜다. 나졸 둘이 앞을 지켰다. 머뭇거리며 앞으로 지나갔지만, 인성을 잡지 않았다. 나졸은 마을로 들어가는 사람에게 복면을 나눠 주기 위해 갈림길을 지켰다.

'와! 여기서도 복면을 나눠 주네. 역시…….'

인성은 약용의 철저한 준비에 입을 쩍 벌렸다.

'이렇게 하면 역병을 물리칠 수 있을까?'

잠시 고민했지만, 확신이 서질 않았다. 예전에 약초를 사러 왔던 땅꾼 얘기가 생각났다.

"굿을 하면 돌림병이 사라진다고 하지만, 그거 싹 다 거짓말입니다. 무당 없는 동네가 없는데 그러면 역병이 왜 돌겠습니까? 모두 몸이 약해서 걸리는 거예요. 돌림병에는 뱀만 한 게 없어요. 도라지 몇 뿌리 넣고, 백사 한 마리만 푹 끓여 먹으면 바로 낫습니다."

할아버지에게 도라지를 사가면서 이런 말을 늘어놓았다. 땅꾼이 가고 나면 할아버지도 한 마디 덧붙였다.

"저 말도 다 거짓말이다. 역병은 사람 힘으로 어쩔 수가 없는 거야. 그냥 하늘에 운을 맡길 수밖에 없지."

인성은 주막 앞을 지나가며 고개를 돌렸다. 손님 없는 주막은

빈집처럼 썰렁했다.

'역병은 사람 힘으로 진짜 막아 낼 수 없을까?'

혼자 묻고 스스로 대답을 찾았다. 약용의 얼굴이 떠올랐다. 지금까지 약용이 한 일을 다시 한번 생각했다.

"어쩌면 사람의 힘으로 역병을 막아 낼 수 있을지도 몰라!"

인성은 천천히 걸으며 혼잣말을 내뱉었다. 자신이 이 일에 조금이나마 한몫 거든다는 생각이 들었다. 오늘따라 자신이 더 대견하게 느껴졌다.

인성은 매을미 마을로 들어갔다. 한 집 한 집 돌며 감기 증상이 있는 사람을 찾았다. 도중에 진료소에 들어온 병자 집을 찾아 들어갔다.

"계세요?"

"뉘시오? 쿨럭쿨럭."

아주머니가 문을 열었다. 얼핏 봐도 홍역 초기 증세가 분명했다. 인성은 바람을 등지고 조금 떨어진 곳에서 큰 소리로 말했다. 가족이 진료소에 들어간 집은 북창으로 구휼미를 받으러 오라는 얘기를 전했다.

"고맙소. 쿨럭쿨럭."

다정한 목소리였다.

"아주머니도 아프신 것 같은데, 진료소에 와서 치료받으셔야 해요. 늦으면 큰일 나요."

"나까지 가면 애들 밥은 누가 챙겨 줘."

화를 내며 방문을 세차게 닫았다. 인성은 공책을 펼쳐 집 위치를 적었다.

오전 내내 매을미 마을을 돌아다녔다. 진료소에 들어온 병자 가족 대부분이 홍역 증세를 보였다. 같은 얘기를 앵무새처럼 수없이 반복했지만, 돌아오는 말은 거의 비슷했다.

마을을 돌고 난 뒤, 북창까지 단숨에 내달렸다. 입구에서 난동부리는 아저씨를 보고 잠시 주춤했다.

"이 손 놓지 못해! 지금 당장 나가 타작해야……."

우락부락하게 생긴 아저씨가 복면을 던져 버리고 입구까지 달아났다. 나졸이 창을 들었지만, 겁이 나는지 뒷걸음질 치며 물러났다. 인성은 용기 내어 안으로 들어갔다. 약용도 소리를 듣고 나왔지만, 인성을 보고는 객사 앞에서 걸음을 멈췄다. 인성이 어떤 행동을 할지 궁금해서 잠시 살펴보기로 마음먹었다.

"아저씨, 이러시면 안 돼요. 저도 홍역에 걸렸지만, 지금은 완전히 나았어요. 홍역은 제때 치료만 잘하면 나을 수 있다고요. 사흘이 고비예요. 저를 보면 알잖아요."

"정말, 너도 홍역에 걸렸다고? 정말 나을 수 있는 병이냐?"

아저씨가 인성을 바라보며 제자리에 멈췄다. 인성이 땅에 떨어진 복면을 주워 들었다.

"그럼요. 이 몹쓸 병은 침과 입김을 통해 다른 사람에게 옮겨요. 옆에 있는 사람이 가족이라 생각하고 꼭 써 주세요."

인성이 복면을 내밀었다. 아저씨가 눈을 꾹 감으며 고개를 끄덕였다.

"미안하다. 나 때문에 가족이 굶는다고 생각하니……. 너무 괴로웠어."

인성은 병자 가족에게도 구휼미를 나눠 준다고 얘기했다.

"성격이 급하다 보니, 행동이 너무 앞섰구나."

아저씨가 고개를 숙이며 눈물을 뚝뚝 흘렸다. 그러고는 땅에 떨어진 복면을 주워 입에 대고 손을 뒤로 올렸다. 인성이 다가가 끈을 꼭 묶어 주었다.

"고맙다."

아저씨는 조용히 말하고는 창고 쪽으로 몸을 돌렸다.

약용과 인성의 눈이 마주쳤다. 약용이 손짓으로 부르자, 인성이 객사 앞으로 뛰어갔다.

"잘했구나."

밝은 목소리였다. 약용의 칭찬에 인성은 기분이 좋았다.

"나리, 드릴 말이 있는데요."

인성은 매을미 마을에서 본 것을 모두 말하며 공책을 보여 줬다. 이제 병자 가족에게 홍역이 번진다는 얘기였다.

"정말이냐? 내일부터 환자 가족을 좀 더 자세히 살펴봐야겠구나. 고생 많았다."

약용이 밝은 목소리로 칭찬했다. 인성은 입이 찢어질 듯 함박웃음을 지었다. 복면이 얼굴을 가려 환한 표정이 드러나지 않았다.

9. 최 별감의 야릇한 미소

약용은 진료소의 모든 상황을 아침저녁으로 보고 받고 점검했다. 열두 명을 시작으로 매일 일고여덟 명이 들어왔다. 닷새 만에 사십 명이 훌쩍 넘어버렸다.

"곡식이 어느 정도 있소?"

"보름을 버티기 힘듭니다."

이방이 장부를 보며 짧게 대답했다. 목소리에 힘이 없었다. 진료소에서 소비되는 곡식은 많지 않지만, 병자 가족에게 아침마다 특별히 나눠 주는 구휼미가 상당했다.

"나리, 봄에 꾸어 준 환곡을 이제 거둘 때가 되었습니다. 곡식이 들어온다면……."

이방이 조심스럽게 얘기를 꺼냈지만, 약용은 아무 대답도 하지 않았다. 올해 농사는 예년에 비해 형편없었다. 게다가 장터에서 장사할 수 없게 명령을 내렸다. 환곡을 거둔다면 쌀값이 두 배 세 배 뛰는 것은 시간문제였다. 한 가지 문제가 또 있었다. 여러 사람이 모이는 두레였다. 환곡을 내기 위해 여러 사람이 모여 추수를 한다면, 홍역이 더 번질 수 있었다.

"며칠 더 고민해 봅시다."

답답한 침묵이 흐른 뒤, 겨우 내뱉은 한 마디였다.

약용은 진료소로 건너가서 허 의원과 최 의원을 만났다.

"병자 상태는 좀 어떻소?"

"병이 조금씩 나아지는 게 눈에 보입니다. 장담할 수 없지만, 증세가 거의 사라진 병자도 꽤 있습니다."

허 의원의 목소리가 경쾌했다. 최 의원 대답도 비슷했다.

"고맙소. 모두 두 의원님이 노력하신 덕분입니다."

"저, 저, 통성산을 썼지……."

허 의원이 잠시 머뭇거리며 얘기를 꺼냈다. 기본 약재인 통성산을 썼지만, 사흘이 지나도 아무 변화가 없는 병자 얘기였다.

"기력은 좀 있소?"

"제대로 먹지 못해 그런지, 혼자 걷는 것조차 힘듭니다."

"마황을 넣어보고, 그래도 안 되면 사물탕을 써 보십시오."

사물탕은 청궁, 당귀, 숙지황, 백작약을 넣어 만든 약이었다. 약용은 두 의원과 얘기를 끝낸 뒤, 학유를 찾아갔다. 병자 상태나 약 처방 같은 진료 기록 정리는 학유 몫이었다.

인성은 진료소를 나와 매을미 마을 입구로 들어갔다. 동네 사람 대부분이 인성을 알아보았다. 주모가 인성을 보고 손짓했다.

"좋은 소식 없니? 장사를 통 못하니 이러다 굶어 죽겠다."

늘어진 목소리에 힘까지 없었다.

"아직은요. 조금만 더 기다려 보세요. 곧 좋은 소식 들릴 거예요."

인성은 마을 안으로 들어갔다. 여기저기 살피며 천천히 걸었다. 돌아다니는 사람이 거의 없었다. 역병이 돈다는 소문에 겁을 먹었는지 모두 집에 콕 들어가 밖으로 나올 생각을 하지 않았다.

마을 고샅으로 접어드는 길에서 낯익은 얼굴과 딱 마주쳤다. 연자방아 앞에서 본 최 별감네 마름이었다.

"어, 아저씨, 그냥 다니시면 안 돼요. 이것 좀 쓰세요."

인성은 봇짐 속에서 복면을 꺼내 건넸다.

"이게 뭐냐?"

인성은 복면을 써야 하는 이유를 차근차근 설명했다.

"오, 가만 들어보니, 내가 고생하는 이유가 바로 너 때문이었구나. 요놈. 썩 물러가거라."

마름은 버럭 화를 내며 복면을 바닥에 내팽개쳤다.

최 별감 마름은 소작료를 걷기 위해 마을을 돌아다녔다. 정약용의 명령 때문에 마을 사람 대부분이 누런 벼 이삭을 보고도 추수를 하지 못했다.

인성은 졸졸 따라다니며 잔소리하듯 얘기했지만, 마름은 귀찮다는 듯 귀를 막고 재빨리 사라졌다.

마을 한 바퀴 돌고 난 다음, 다시 북창으로 향했다. 주모가 인성을 보며 손을 흔들었다.

"오늘은 몇 명이니?"

"다섯 명이요."

인성은 무덤덤한 표정을 지으며 목청을 높였다. 숫자가 줄어 좋았지만, 병자가 계속 나왔다는 게 찝찝했다.

"많이 줄었네. 다행이다."

주모 목소리도 기쁜지 슬픈지 애매했다.

다음 날 아침, 잔치가 열린 것처럼 진료소 곳곳에 웃음소리가 쩡쩡 울려 퍼졌다.

"허 의원, 축하합니다. 밤새 책을 보시더니, 며칠 만에 홍역을 물리치셨군요."

최 의원은 자기 병자가 나은 것처럼 즐거워했다. 북창 진료소에서 홍역 치료를 끝내고 집으로 돌아가는 첫 병자였다. 약용도 소식을 듣자마자 허 의원을 찾아갔다.

"정말 고생 많으셨습니다. 이제 희망이 보입니다."

"모두 나리 덕택입니다. 저는 마과회통에 있는 처방을 그대로 따랐을 뿐, 제가 한 것은 하나도 없습니다."

허 의원은 홍역 치료에 자신감이 생긴 듯 초롱초롱한 눈빛으로 여유 있게 대답했다. 처음과는 완전히 다른 모습이었다.

"허 의원님을 믿습니다. 잘 부탁드립니다."

약용이 가고 난 뒤, 허 의원은 병자 방으로 또 들어갔다. 이 방 저 방으로 옮겨 다니며 잠시도 쉬지 않았다. 점심을 먹고 난 뒤, 약용에게 들은 사물탕을 달였다. 저녁 무렵, 직접 짜낸 탕약을 들고 병자 방을 찾아갔다.

"어!"

약사발을 떨어뜨렸다. 노인이 죽은 듯 꼼짝도 하지 않았다. 달려가 팔목의 맥을 짚었다. 아무 느낌이 없었다.

"이럴 수가!"

긴 한숨이 절로 나왔다. 하루 사이 삶과 죽음 모두를 경험했다. 오전에는 무릉도원에서 놀다가 오후에는 지옥 불로 떨어진 느낌이었다. 병자의 첫 번째 죽음이라 그런지 감당할 수 없는 두려움이 훅 밀려왔다. 멍하니 앉아 있다가 이방에게 알렸다. 약용이 병자 방으로 달려갔다. 곧이어 최 의원이 뛰어왔다.

"무슨 일이지?"

인성은 약용이 뛰는 것을 보고 이상한 생각이 들었다. 약용은 아무리 급해도 언제나 침착하게 행동했다. 뭔가 큰일이 일어났다는 느낌이 들었다. 인성은 근처까지 조심스럽게 다가갔다. 조금 떨어진 곳에서 안을 들여다보았다.

허 의원이 노인의 몸 상태를 살펴보고 힘겹게 일어났다. 최 의원이 주검에 거적때기를 덮어 주었다.

"너무 마음 아파하지 마십시오. 허 의원이 최선을 다했다는 것을 모르는 사람이 없습니다."

최 의원이 따듯한 목소리로 허 의원에게 얘기했다.

"아닙니다. 사물탕을 써보지도 못했으니……, 며칠만 더 일찍 알았더라면……."

허 의원이 고개를 숙이며 힘없이 얘기했다.

인성은 허 의원의 얘기를 듣자 기가 막혀 할 말이 없었다. 할아버지에게 저런 말 한마디라도 해줬다면, 허 의원을 미워하지 않았을 것이다.

'할아버지가 아니고 나리였다면, 허 의원이 뒤도 돌아보지 않

고 산에서 내려갔을까?'

인성은 잠시 생각하다가 세차게 고개를 흔들었다. 어느새 허 의원과 최 의원이 사라지고, 약용과 이방이 심각한 표정을 지으며 얘기를 나눴다.

"장례를 치르지 말라고요? 난리가 날 텐데요."

이방 목소리가 파르르 떨렸다.

"어쩔 수 없네. 장례를 치르게 했다간, 동네마다 줄초상이 날 걸세."

틀린 말이 아니었다. 이방도 어쩔 수 없다는 듯 고개를 끄덕였다.

거적때기에 주검을 말아 뒷산 언덕에 묻었다. 가족에게 소식을 전했지만, 주검을 어디에 묻었는지 알려 주지 않았다. 약용이 초상을 금지한다는 명령을 내렸기 때문이다.

관혼상제(冠婚喪祭), 예부터 중요하게 생각한 가정 행사였다. 유학을 숭상하는 조선에서 관혼상제는 단순한 의례가 아닌 나라를 다스리는 질서에 가까웠다. 특히, 초상은 가족에게 더 큰 의미가 있었다. 관례, 혼례는 본인이 직접 참여하는 행사이지만, 초상과 제사는 죽은 사람을 위해 본인이 아닌 가족이 열어 주는 행사였다. 잔인한 역병은 사랑하는 가족과의 마지막 인사도 제대로 할 수 없게 만들었다.

보이지 않는 역병보다 발 없는 소문이 더 빨랐다.

"뭐라? 그게 사실이냐?"

최 별감이 주먹으로 책상을 내리치며 소리 질렀다.

"제 귀로 분명히 들었습니다. 철규 아범이 낫을 들고 북창으로 간다는 것을 겨우 말리고 왔습니다."

"잘했다. 철규 아범한테 쌀 한 가마니 가져다주고, 위로의 말을 전해 주거라. 어려운 일이 있으면 이웃끼리 도와야지. 그리고 참, 이 일은 내가 알아서 처리할 테니, 나서지 말고 조용히 있으라고 전하거라."

집사가 물러나자, 최 별감은 야릇한 미소를 지으며 고개를 끄덕였다. 어제저녁 한양에서 온 편지에도 약용이 천주교를 믿었다는 얘기가 있었다. 그뿐만 아니라 약용의 형제도 천주학쟁이라고 적혀 있었다.

"자식이 지켜야 할 가장 큰 도리가 바로 상제인데. 곡산 부사 따위가 감히 유학의 근본을 흔들어! 옳지. 이젠 꼼짝 없이 걸렸어!"

최 별감은 고개를 끄덕이며 실실 웃었다. 천천히 일어나 서재에서 유향소 명부를 꺼내 들었다. 책장을 한 장 한 장 넘기며 이름을 골랐다. 정약용을 쫓아내기 위한 상소에 이름을 넣을 사람이었다. 유향소에서도 제법 목소리가 큰 사람으로 열 명을 정했다. 최 별감이 종이를 꺼내 편지를 적었다.

"밖에 누구 있느냐?"

"어르신, 부르셨습니까?"

마름이 잽싸게 들어왔다.

"집사 돌아오면, 이것을 바로 전하거라. 아주 급한 일이다."

10. 평범한 일상에 대한 그리움

밤공기가 제법 쌀쌀했다. 약용이 마당을 걷다가 밤하늘을 올려다보았다.

"휴, 벌써 일주일이 흘렀구나!"

약용이 서쪽 하늘에 뜬 반달을 보며 한숨을 내쉬었다. 학유가 옆으로 다가왔다. 약용은 부러 밝은 표정을 지으며 고개를 돌렸다.

"아직 안 잤구나?"

"아버님. 기록을 정리하다가 이상한 게 있어 말씀드리러 왔습니다."

약용은 불안했다. 이 시간에 찾아왔다면, 분명 좋은 일이 아니었다.

학유는 진료 기록에 이름, 사는 곳 같은 간단한 내용부터 증상별 치료와 약의 효과까지 병자가 이곳에 와서 나갈 때까지의 모든 경과를 빠짐없이 적었다.

"뭐냐?"

약용은 조심스럽게 물었다.

지금까지 병자는 조 풍헌 집 근처에서 대부분 나왔다. 어제 들어온 병자 두 명은 장터 근처에 살았다. 조 풍헌 집에서 장터는 꽤 먼 거리였다.

"요즘 장이 서지도 않을 텐데……."

학유는 어제 들어온 모녀에 대해 자세히 얘기했다.

"삯바느질 감을 받으러 이집 저집 다녔다면……. 알겠다. 앞으로는 새로 들어오는 병자가 어떻게 병에 걸렸는지 좀 더 자세하게 묻고 기록해 두거라."

약용은 불안한 듯 눈빛이 파르르 떨렸다.

인성이 매을미 마을을 살피고 진료소로 들어왔다. 별 좋은 넓은 마당에서 아주머니 두 명이 땀을 뻘뻘 흘리며 빨래를 널었다. 옷을 매일 갈아입으라는 규칙 때문에 엄청난 빨랫감이 쏟아져 나왔다.

인성은 숙소로 가서 일지를 적었다. 새 병자가 없어, 본 것만 간단히 적어 학유에게 일지를 건넸다.

"인성아, 시간 날 때마다 병자 방을 좀 살펴 줄래?"

의원 두 명이 육십 명 넘는 병자를 살피다 보면, 위급한 상황을 놓칠 수 있었다. 만약을 대비해서 시간이 날 때마다 병자 방을 살펴보는 것도 중요했다.

객사에서 나와 약방으로 향했다. 요 며칠, 진료소 분위기는 가늠할 수 없을 만큼 들쑥날쑥했다. 진료소를 떠나는 사람을 보면 기뻐하며 웃음꽃을 피웠지만, 죽는 사람이 생기면 괴로워하며 울상을 지었다.

"꼬마 총각!"

인성이 창고 앞을 지나다가 방 안으로 고개를 돌렸다.

"혹시, 저를 부르셨어요?"

"그래, 부탁할 게 있어서."

큰 고민이라도 있는 듯 목소리가 측은했다. 인성은 창고 문 앞에 서서 아주머니 얘기를 들었다. 딸 인희에 대한 걱정이었다. 밥은 제대로 먹는지, 잠은 제대로 자는지, 혹시 더 나빠지지 않았는지……, 사소한 걱정을 늘어놓았다.

"둘이 늘 붙어 있다가, 떨어져 있으니 너무 불안하네."

"네, 알겠습니다. 따님을 만나면 안부를 꼭 전해드릴게요."

인성은 병자 방을 모두 살핀 뒤, 진료소 약방에 들렀다. 최 의원과 허 의원에게 진료 기록을 받아 학유에게 들고 갔다.

마당 쪽에서 요란한 소리가 들렸다.

"문 열어!"

보나 마나 주검을 찾으러 온 자식 아니면 형제였다. 매일 한두 번 이런 소동이 일어났다. 이방이 달려가 젊은 청년을 설득했지만, 말로 풀 수 있는 간단한 문제가 아니었다. 인성은 숙소로 가려다 걸음을 돌렸다. 방에 있어도 요란한 소리가 들려 신경이 날카로웠다.

'한 번 더 돌자.'

인성은 한숨을 내쉬며 창고 쪽으로 향했다. 병자 방 앞을 살피며 지나가다 잠시 멈췄다.

"어!"

귀에 익은 목소리였다. 자세히 들어보니, 오륜산 약초꾼 할아버지가 분명했다. 이곳에 온 지 일주일이 넘었지만, 복면 때문에 얼굴을 제대로 보지 못했다. 할아버지와 얘기하고 싶었지만, 허 의원이 있어 안으로 들어가기 싫었다. 문 앞에서 잠시 기웃거렸다.

허 의원이 복면을 벗기고 할아버지 입안을 들여다보았다.

"벌써 일주일인데 열이 내리지 않네요. 혹시, 따로 먹는 약이라도 있습니까?"

"혹시, 이것 때문에……."

할아버지는 보자기 속에서 종이로 싼 약봉지를 꺼냈다. 개다래 열매로 만든 환이었다.

"의원님, 제가 통풍이 있어서……."

"어르신, 이 병은 몸의 열을 먼저 내리는 게 우선입니다. 개다래는 맛이 맵고, 성질이 따뜻하며 독이 조금 있습니다. 조금 힘들더라도 개다래 환을 잠시 끊는 게 좋습니다."

허 의원이 정겨운 목소리로 얘기했다. 인성은 저도 모르게 주먹을 불끈 쥐었다. 할아버지 얼굴이 떠올랐다. 허 의원의 목소리를 더 듣고 싶지 않았다. 뒷걸음치며 물러나 반대쪽으로 방향을 돌렸다. 아직도 이방은 젊은 청년과 언성을 높이며 얘기했다.

"이제 곧 회의 시간인데……. 아직도 얘기하는 거야?"

인성은 혼잣말하면서 객사 대청마루로 곧장 걸어갔다.

매일 저녁 회의가 열렸다. 모두 각자 맡은 일을 보고하고, 부족한 것을 준비하며, 잘못한 것을 고치기 위한 자리였다.

"이방이 아직 안 왔으니, 약방부터 먼저 얘기합시다."

약용의 목소리에 힘이 없었다. 허 의원이 자리에 없어 최 의원이 대신 얘기했다. 완전히 회복한 병자가 다섯 명이나 있어 내일 진료소를 나간다는 기쁜 소식이었다.

다음은 육방 아전 차례였다. 소리가 그친 것 같아 약용은 잠시 기다렸지만, 한참이 지나도 이방은 오지 않았다.

"형방, 남은 식량으로 십여 일 정도밖에 버틸 수 없습니다. 곡식을 구할 데가 있겠소?"

약용의 말에 형방이 조심스럽게 얘기를 꺼냈다. 개성과 평양에 역병이 돌기 시작했다는 소식이었다. 이런 사정이다 보니 매을미 마을뿐 아니라 곡산 읍내에 곡물 장수가 들어오지 않았다. 곡식 구하는 것이 하늘의 별 따기만큼 힘들었다.

"뭐요? 개성과 평양에도!"

약용은 조금 더 자세히 물었지만, 형방이 아는 얘기는 딱 거기까지였다. 약용은 개성과 평양에 사람을 보내 자세한 사정을 알아 오라고 명령했다.

회의가 끝날 무렵, 이방이 힘없이 들어왔다. 약용 앞으로 와서 고개를 숙이며 젊은 청년의 얘기를 꺼냈다. 말을 끝내며 종이 한 장을 슬며시 내밀었다.

"뭔가?"

약용은 조심스럽게 종이를 들어 올렸다.

못난 불효자를 용서하소서.

젊은 청년이 나무에 목을 매고 죽기 전에 남긴 한 문장의 유서였다.

시경에서 읽은 문장이 머릿속에서 맴돌았다.

'길가에 죽은 이가 있으니, 이를 묻어 주어야겠네.'

길을 가다가 모르는 사람이 죽었다 해도, 땅에 묻고 초상을 치러주는 게 선비의 도리였다. 이것이 옳다는 것을 알면서도 더 많은 희생을 막기 위해 어쩔 수 없는 선택을 할 수밖에 없었다. 머릿속이 복잡했다. 유서를 다시 보았다. 청년의 음성이 귓가에 맴돌았다. 청년은 너무 당연한 것을 요구했지만, 이것조차 들어줄 수 없는 현실이 가혹하게 느껴졌다.

"집에는 알렸는가?"

"아직……."

이방은 말을 끝까지 잇지 못했다.

약용은 잠시 생각하다가 결심이 선 듯 주먹을 꽉 쥐었다. 젊은 청년을 진료소 병자처럼 산에 묻고, 사실 그대로 집에 알리라는 명령이었다. 지금 선택이 옳은지 아니면 변명인지 헷갈릴 만큼 머릿속이 어지러웠다. 할 말이 더 있지만, 회의를 끝내고 자리에서 일어났다. 지친 듯 어깨가 축 늘어졌다. 약용의 큰 키가 오늘

따라 작고 초라해 보였다.

저녁을 먹고 난 뒤, 인성은 약초꾼 할아버지를 찾아갔다.

"할아버지, 저예요. 저 인성이요."

"이게 누구냐? 할아버지는 잘 계시지?"

인성은 그동안 있었던 일을 얘기하며 눈물을 글썽거렸다. 약초꾼 할아버지가 인성을 위로해 주었다.

"할아버지, 여기 오신 지 꽤 되셨는데 불편한 거 없어요?"

"여기 있으니 너무 편하고 좋아. 돌아다니던 버릇 때문에 조금 답답하지만 어쩌겠어. 병이 나을 때까지는 꼼짝없이 여기 있어야 하니……."

뭔가 아쉬운 듯 목소리에 힘이 없었다.

"그래도 필요한 거 있으면 얘기해 주세요."

"정말, 집에서 먹던 삶은 감자가 자꾸 생각나는데……."

할아버지가 조심스럽게 말을 꺼냈다. 진료소에서는 매일 쌀과 보리를 섞은 밥과 국, 두부, 나물 반찬이 나왔다. 이 정도면 할아버지에게 진수성찬이나 다름없지만, 평소에 먹던 삶은 감자가 자꾸 생각났다.

인성은 흔쾌히 약속하고 한참 동안 말동무를 해드렸다. 할아버지도 답답했던지 인성에게 이것저것 물어보며 무척 즐거워했다.

할아버지 방을 나오다가 인희가 생각났다. 어머니와 꽤 떨어진 곳에 인희 방이 있었다. 인성이 방 안으로 고개를 쑥 내밀었다.

"안녕. 여기 있을 만해? 답답하지는 않고?"

"우리 엄마가 시킨 거야?"

예상했다는 듯 첫 대답부터 까칠했다. 인희는 인성보다 한 살 어린 열세 살이었다. 둥근 얼굴에 깜찍한 눈웃음이 꽤 귀여웠다.

인희가 인성을 보며 이런저런 얘기를 늘어놓았다. 도중에 마른기침을 몇 번 했지만, 다른 병자보다 심각해 보이지 않았다.

"편안히 잘 있으니, 걱정 안 하셔도 된다고 전해 줘."

엄마 잔소리를 듣지 않아, 진료소가 더 편하다는 얘기를 덧붙였다.

인성은 방을 나와 인희 어머니를 찾아갔다. 인희 말을 그대로 전할 수 없었다. 대충 둘러대며 잘 있다는 얘기를 전해 줬다.

"이렇게라도 소식을 들으니 마음이 편안하네. 고맙다. 가끔 우리 딸 소식 전해 줄 수 있지?"

처음과는 사뭇 다른 밝고 따뜻한 목소리였다.

11. 굶어 죽나, 역병 걸려 죽나

이른 아침부터 비가 내렸다. 인성은 대나무 삿갓에 도롱이를 걸치고 진료소를 나섰다. 강을 건널 무렵, 구름이 사라지고 해가 다시 떴다. 마을 안으로 들어가자마자, 낫을 든 아저씨를 보았다. 얼른 뛰어가 구비복면을 건넸다.

“이거 써 봤는데, 일할 때는 숨이 턱턱 막혀서 너무 답답해. 우리 동네는 며칠 동안 병자가 하나도 없어. 이제 역병이 물러난 것 같으니, 너무 강요하지 말거라.”

“그래도 쓰셔야 해요.”

인성은 논까지 따라가며 사정하듯 얘기했지만, 아무 소용 없었다.

"비가 한 번 더 오면, 나락이 썩어 모두 버려야 해. 굶어 죽나 역병에 걸려 죽나, 죽는 건 똑같잖아. 오늘 추수를 끝내야 하니, 참견하지 말고 썩 물러가거라."

소귀에 경 읽기였다. 인성은 할 수 없이 논에서 나왔다. 여기서 시간을 더 허비할 수 없었다. 다른 곳도 마찬가지였다. 오늘따라 지게 메고 논밭에 가는 사람이 많았다. 어제와 완전 딴판이었다.

이번에는 갓 쓰고 도포 입은 선비가 앞을 지나갔다. 급한 일이 있는 듯 걸음이 무척 빨랐다. 복면을 쓰지 않았지만, 인성은 선비를 붙잡지 않았다. 말을 걸어 봤자, 듣지 않을뿐더러 운이 나쁘면 끌려가 매를 맞을 수도 있었다.

한적한 길로 들어갔다. 아직 둘러봐야 할 곳이 많았다.

"어!"

최 별감이 대문 앞까지 뛰어나와 선비 두 사람과 인사했다. 인성은 조금 떨어진 곳에서 최 별감 집을 지켜보았다.

"멀리서 오신다고 정말 고생 많으셨습니다. 어서 안으로 드시죠."

"최 별감, 그동안 별고 없었소. 오랜만입니다. 허허허!"

최 별감 집으로 손님이 계속 들어갔다. 인성이 본 사람만 해도 모두 열 명이었다.

"저렇게 모이지 말라고 했는데……."

인성은 중얼거리며 최 별감 집 앞을 그냥 지나갔다. 곡산 부사조차 우습게 아는 사람이라 들어가서 얘기해봤자 아무 소용 없었다.

최 별감 집에서는 잔치라도 벌어진 듯 온갖 음식을 상다리 부러질 만큼 준비했다.

"금강산도 식후경이라는데, 얘기는 천천히 하고 먼저 식사부터 하시죠."

말 떨어지기 무섭게 점심상을 대청마루로 가져왔다. 기름에 구운 전만 해도 열 가지가 넘었고, 닭고기, 소고기, 꿩고기에 갖잡은 생선회까지 없는 게 없었다.

점심을 먹고 난 뒤, 최 별감이 일어나서 미리 써둔 상소문을 읽었다.

"최 별감, 소문으로 얼핏 들었지만, 그게 사실이오? 부사란 작자가 초상을 지낼 수 없게 아버지 주검을 숨겼다니……."

"김 대감님, 그뿐이겠습니까?"

최 별감은 며칠 전 소나무 가지에 목을 맨 젊은이 얘기를 꺼냈다. 모두 얼굴을 찌푸리며 혀를 찼다.

"쯧! 곡산 부사라는 작자가 짐승보다 못한 놈이군! 어찌 사람의 탈을 쓰고 그런 짓을 할 수가 있소! 지금 당장 탄핵 상소를 적읍시다."

김 대감이 말을 끝내며 붓을 먼저 잡았다. 나머지 사람도 차례로 이름을 적었다.

"나라와 마을의 기강을 바로 세우기 위해서라도 이번 일은 반드시 우리 유생이 앞장서서 모범을 보여야 합니다."

최 별감의 말에 모두 찬성하며 흐뭇한 미소를 지었다.

"이제 상소도 적었고, 모두 모인 김에 석전제를 어떻게 지낼지 의논해 보는 건 어떻습니까?"

김 대감이 자세를 고쳐 잡고 얘기를 꺼냈다. 아무도 반대하는 사람이 없었다. 석전제는 향교에서 가장 중요한 행사였다. 한 사람이 의견을 내면 다른 사람이 흥을 돋웠다. 준비할 게 많아 한나절에 끝날 얘기가 아니었다. 중천에 떴던 해가 서쪽 하늘로 떨어졌지만, 회의는 끝날 기미가 보이지 않았다.

약용은 아침부터 정신없이 바빴다. 모든 상황을 점검한 뒤, 말을 몰고 진료소에서 급하게 나갔다. 서촌 마을에 들러 최 진사에게 쌀을 부탁했다. 흔쾌히 허락했지만, 양이 많지 않았다. 부족한 곡식을 구하기 위해 다시 말을 몰아 매을미 마을로 곧장 달려갔다. 최 별감이 아니더라도 김 대감과 강 진사를 만나면 어느 정도 쌀을 구할 수 있다고 생각했다. 하지만 두 사람 모두 만날 수 없었다. 언제 올지 모른다고 얘기하며 집 앞에서 바로 쫓겨났다.

해 질 무렵, 약용은 북창 진료소에 도착했다. 옷을 급하게 갈아입고, 학유 방에 먼저 들어갔다.

"시킨 것은 다 해 놓았느냐?"

"거의 다 했습니다. 잠시만 기다리시면……."

"아니다, 천천히 하여라."

약용은 옆에 앉아 인성이 적은 일지를 살피다가 깜짝 놀랐다.

"굶어 죽나, 역병 걸려 죽나?"

약용은 앞 장을 넘겨 어제 일지를 다시 보았다. 어제와 분명히 달랐다. 이제 겨우 구 일이 지났다. 예상보다 불만이 빨리 터졌다. 약용은 입술을 잘그락잘그락 씹으며 잠시 고민했다.

"구휼미를 확대해야 하나……."

혼자 중얼거리며 인성의 일지를 다시 보았다. 아랫부분에도 특이한 내용이 있었다.

'최 별감 집에 선비 열 명이 들어갔다고?'

최 별감이 뭔가 일을 꾸민다는 생각이 들었다. 오늘 낮, 김 대감과 강 진사도 집에 없었다.

"아버님, 다 되었습니다."

학유가 몇 번 불렀지만, 약용은 깊은 생각에 빠진 듯 꼼작도 하지 않았다. 학유가 일어나 아버지에게 다가갔다.

"어, 어, 다 됐느냐?"

"네, 여기 있습니다."

약용이 깜짝 놀라며 학유가 내민 문서를 받았다. 완치자와 사망자에 대해 살펴보고 정리한 문서였다. 젊은 사람이 병에 걸리면, 나이 든 사람보다 죽는 속도가 더 빠르다는 것과 사흘 안에 열을 내리지 못하면 사망 확률이 더 높다는 것이었다.

"그래, 내 생각이 맞았어."

약용은 고개를 끄덕였다.

약용은 일지와 장부 책을 들고 일어났다.

"회의에 늦겠다. 어서 가자."

숙소에 잠시 들러 곡산부 호적을 챙겼다. 이방과 육방 아전이 대청마루에서 기다렸다. 잠시 후 의원과 인성이 들어왔다. 약용은 자리에 앉자마자 곡산부 호적을 펼쳤다. 매을미 마을의 주민 숫자를 먼저 보았다. 모두 750명이었다. 지금 진료소에 있는 병자 55명, 가족 숫자까지 합치면 대략 200명에게 구휼미를 주는 셈이었다.

"이방, 지금 곡산에서 쌀을 구할 수 있는 곳이 어디 있겠소."

"서촌 마을에 있는 최 진사와 매을미 마을에 있는 김 대감, 강 진사, 최 별감입니다.”

이방은 애기하면서도 최 별감을 제일 마지막에 말했다.

“넷 말고 다른 사람은 더 없소?”

“없습니다.”

예상에서 크게 벗어나지 않았다. 게다가 셋을 모두 합친 것보다 최 별감 한 사람이 더 많다는 말을 덧붙였다.

“최 별감이라, 최 별감이라.”

약용은 책상 위에 손을 올려 머리를 얹고는 눈을 꼭 감았다. 한참을 중얼거리며 생각했다. 문제는 곡식이었다.

‘굶어 죽나, 역병 걸려 죽나 똑같다고?’

인성이 적은 문장이 귓등을 때렸다. 틀린 말이 아니었다. 지금 당장 구휼미를 풀지 않으면, 굶주린 백성이 쌀을 구하러 다니다가 병에 걸릴 수 있었다. 사람 목숨보다 더 중요한 것이 없다고 판단했다.

“이방, 내일부터 매을미 마을 사람 모두에게 구휼미를 푼다고 방을 붙이고, 올해는 환곡도 걷지 마시오.”

이방뿐 아니라 모두가 깜짝 놀라며 제 귀를 의심했다.

“나리, 모두에게 구휼미를 푼다면 사흘을 버티지 못합니다. 거기다가 환곡까지 걷지 못하면……. 한 번만 더 생각해 보심이…….”

"시키는 대로 하시오. 부족한 곡식은 내가 직접 구해오겠소."

결심이 선 목소리였다.

인성도 약용의 말을 믿을 수 없었다. 쌀이 부족하다는 얘기를 하루이틀 들은 게 아니었다. 이런 상황에서 매을미 마을 주민 모두에게 구휼미를 왜 푸는지 아무리 생각해도 이해할 수 없었다.

약용은 서촌 마을 최 진사가 쌀, 보리 각 백 석을 며칠 뒤에 보내올 것이라 얘기했다. 일주일 정도 더 버틸 수 있는 양이었다. 이방은 고개를 절레절레 흔들며 몇 번이고 설득했지만, 약용은 명령을 거두지 않았다.

"자, 오늘 회의는 여기서 마치겠소."

약용은 두 의원에게 할 말이 있었지만, 머리가 복잡해서 아무 생각도 하고 싶지 않았다. 학유가 정리한 문서를 들었다가 다시 집어넣었다.

인성은 저녁을 먹은 뒤, 배를 꺼뜨릴 겸 마루에 걸터앉았다. 먼 하늘을 보다가 약용의 얘기를 곱씹어 보았다.

"인성아, 무슨 생각을 그렇게 골똘히 하느냐? 업혀 가도 모르겠구나."

약용이 천천히 다가오며 말을 걸었다. 떡 본 김에 제사 지낸다고, 인성은 약용의 생각을 알고 싶었다.

"나리, 매을미 마을 모든 주민에게 구휼미를 주는 이유가 뭔가요?"

"허허! 네가 답을 이미 말해 놓고, 나한테 물어보는 거냐?"

약용이 털털 웃으며 장난치듯 얘기했다.

"제가 이미 답을 말했다고요? 언제요?"

인성은 입술을 실룩거리며 고개를 갸웃거렸다.

"굶어 죽나, 역병 걸려 죽나 똑같다는 말을 네가 일지에 적지 않았느냐?"

"네, 맞아요."

"쌀을 구하지 못하게 하면서, 쌀을 주지 않는다면, 그냥 앉아서 죽으라는 얘기와 뭐가 다르겠느냐? 지금은 병자도, 백성도 서로 입장만 다를 뿐 모두 똑같이 힘든 시기이다. 이럴 때 힘을 합치지 않으면, 우리는 절대 위기를 극복할 수 없다."

약용이 부드러운 목소리로 얘기했다. 인성은 알았다는 듯 미소를 지으며 고개를 끄덕였다.

12. 우리가 남긴 발자국

"아주 잘 썼군. 아주 잘 썼어! 허허!"

최 별감이 코웃음 치며 어깨를 흔들었다. 어제 쓴 상소문을 보고 또 봤지만, 어디 하나 손댈 곳 없이 완벽했다. 약용을 곡산 부사에서 끌어내는 것은 이제 시간문제라 생각했다.

책을 펼치자 식곤증이 몰려왔다. 몸이 늘어지고 눈이 감겼다.

"어제 너무 늦게까지 얘기했더니 많이 피곤하군."

바닥에 누워 두 발을 쭉 뻗자마자 잠이 쏟아졌다.

정오가 조금 지났을 때, 약용이 최 별감 집을 찾아왔다. 최 별감은 벌떡 일어나 옷매무새를 가다듬고, 아무 일도 없듯 점잖게 책상 앞에 앉아 책을 펼쳤다.

약용은 뒷짐을 쥐고 행랑채 앞에 서 있었다. 마당 한구석에서 떡을 찧고, 전을 구우며 음식 준비로 분주했다.

"쯧, 추석 준비가 꽤 요란하군."

약용은 중얼거리며 마당을 훑어보았다. 추석이 나흘 뒤였다.

최 별감은 방 안에 앉아 잠시 생각했다.

'왜 찾아왔을까? 혹시, 어제 일을 누가 찔렀을까? 아니지 머리가 비상하고, 눈치도 빠른 놈이니 뭔가 보고 찾아왔을 수도 있어. 넘겨짚을 수도 있으니……. 암, 조심해야 하고말고.'

집사가 약용을 사랑채로 안내했다. 약용이 안으로 들어와 공손히 인사했다. 최 별감은 약용이 쓴 복면을 보고 한마디 하고 싶었지만, 애써 침착한 표정을 지으며 흥분을 가라앉혔다.

약용은 진료소 사정과 쌀이 필요한 이유를 말했다. 듣고 보니, 예상했던 얘기가 아니었다. 곡산 부사가 왔다는 말에 지레 놀라 괜한 걱정을 했다고 생각하니 헛웃음이 났다.

"얼마나 필요한가?"

최 별감이 피식 웃음을 흘리며 거드름을 피웠다.

"이천 석입니다."

엄청난 양이었다. 최 별감은 깜짝 놀랐지만, 태연한 척 약용의 눈치를 슬쩍 살폈다. 복면 때문에 표정을 읽을 수 없어 짜증이 났다. 한참 동안 머리를 굴리다가 입을 열었다.

“두 냥씩 이천 석이면 모두 사천 냥인데…….”

쌀값을 알면서도 일부러 비싸게 불렀다. 사실 약용에게 쌀을 팔고 싶지 않았다.

“고맙습니다. 그렇게 하겠습니다. 언제쯤 준비해 주실 수 있겠습니까?”

예상했던 대답이 아니었다. 두 배나 비싸게 불렀다면, 깎자고 덤빌 줄 알았다. 밀고 당기다가 팔지 않겠다고 얘기하면, 당황하며 무릎을 꿇고 매달리는 모습을 상상했다. 이미 엎질러진 물이었다. 이제 팔지 않겠다고 뒤집을 수도 없었다.

“추석에는 하인도 쉬어야 하니, 모레 아침에 실으러 오게.”

두 배 남은 장사에 만족하며 인심 쓰는 듯 미소를 지었지만, 어딘가에 말려드는 묘한 느낌을 지울 수 없었다.

“고맙습니다. 최 별감님도 그렇고……, 이번 일은 동네 어른들께서 많이 도와주셔서 곡식을 쉽게 구했습니다.”

약용은 차분한 목소리로 얘기하며 자리에서 일어났다.

“동네 어른들이라고……, 누구 말인가?”

고개를 갸웃거렸다. 곡산에서 이 정도 쌀을 줄 수 있는 사람은 아무도 없었다.

“서촌 마을 최 진사님도 쌀을 파셨고……. 또 누구더라…….”

약용은 눌눌 더듬으며 기억이 잘 나지 않는 척 얼굴을 찌푸렸다.

“최 진사 어른이!”

최 진사는 최 별감의 큰아버지였고, 양반의 도리를 중요하게 생각하는 바른 선비였다. 구휼미로 쓸 곡식을 두 배나 남겼다는 소문이 돌면, 한바탕 난리가 날 게 분명했다.

“혹, 혹시 최 진사 어른이 쌀을 얼마에 주시던가?”

당황한 듯 말을 더듬었다.

“한 냥이던가…….”

“요즘 쌀값이 한 냥으로 내렸던가? 요즘 향교 일 때문에 여기 저기 뛰어다녔더니, 쌀값이 얼마 하는지 잘 몰랐네. 내가 큰 실수를 할 뻔했어.”

최 별감은 말을 하면서도 진땀을 뻘뻘 흘렸다. 결국, 쌀값은 한 냥으로 내려갔다.

대문 밖까지 따라 나와 약용을 배웅하고, 다시 안으로 들어갔다.

‘저 여우 같은 놈…….’

속이 부글부글 끓어 미칠 것만 같았다.

약용은 가벼운 걸음으로 진료소에 들어갔다. 이방은 걱정이 됐는지 문 앞에서 서성이다 약용과 마주쳤다.

"가신 일은……."

"모레 아침에 최 별감 집으로 가서 곡식을 가져오너라."

목소리가 밝고 경쾌했다. 이방은 믿을 수 없었다. 최 별감의 성격을 누구보다 잘 알았다. 약용이 최 별감을 어떻게 구워삶았는지 궁금하고 신기했다.

"별일 없느냐?"

"그게……."

이방 얼굴이 어두웠다. 오늘 들어온 새 병자는 없지만, 사망자와 완치자가 각각 다섯이었다.

"알겠다."

저녁 회의에서 사망자에 관한 얘기가 먼저 나왔다. 약용이 두 의원에게 학유가 어제 정리한 문서를 건넸다.

"미처 이것까지 신경 쓰지 못했습니다. 젊은 사람이 더 건강하다고 생각하면서 서두르지 않았는데……. 증세가 나빠지기 시작하면 걷잡을 수 없이 빠르다니……."

최 의원이 씁쓸한 표정을 지으며 천천히 얘기했다. 인성은 또 한 번 놀랐다. 약용은 쌀을 구한다고 정신이 없는 와중에도 진료 방법까지 연구했다.

"이런 얘기를 꺼내는 건 잘잘못을 따지겠다는 말이 아닙니다.

같은 실수를 반복하지 말자는 뜻으로 생각해 주셨으면 좋겠습니다."

약용은 둘을 보며 아무렇지 않은 듯 태연하게 말했다. 그리고는 시체 매장을 맡은 예방에게 고개를 돌렸다.

"오늘은 다섯 명이라 들었소. 시체는 어떻게 했는가?"

저녁 무렵, 조금씩 시간을 두고 다섯 명이 연달아 죽었다. 아직 시체는 창고 방 안에 그대로 있었다. 너무 급하게 벌어진 일이라 죽었는지 확인만 하고 회의에 참석했다.

"오늘부터 두 의원님은 시신 상태를 자세히 살펴 주시고, 학유 너는 옆에서 꼼꼼히 기록하거라."

두 의원에게 얘기한 뒤 학유에게 고개를 돌렸다. 약용은 진료소 얘기를 마무리하고, 구휼미에 관한 얘기를 꺼냈다. 최 별감이 도와줘서 구휼미를 수월하게 해결했다는 얘기를 전했다. 모두 깜짝 놀라며 눈이 휘둥그레졌다.

"여러분, 이제 끝이 보이는 것 같습니다. 다행히도 며칠째 새 병자가 발생하지 않았습니다. 마지막까지 최선을 다해 주시오."

약용이 모두에게 부탁하듯 얘기하며 회의를 끝마쳤다.

송편같이 둥근 달이 환하게 떠올랐다. 인성은 달그림자를 밟으며 진료소로 향했다.

"달이 참 밝네."

혼잣말하며 달을 쳐다보았다. 온종일 정신없이 뛰어다닌다고 낮에 병자 방을 살피지 못했다. 차례로 돌다가 인희 방 안으로 고개를 쑥 내밀었다.

"안녕."

"왜 이제 와? 한참 기다렸잖아."

토라진 목소리가 꽤 귀여웠다. 인성은 기다렸다는 말에 아무 말도 못 하고 얼굴이 붉어졌다.

"자, 이거 받아. 미소 복면. 내가 만들었어. 어때? 한번 써 봐."

빨간 실로 수를 놓은 복면이었다. 인성은 복면을 얼굴에 갖다 대고는 인희에게 고개를 돌렸다.

"보기 좋네. 모두 무뚝뚝한 복면을 쓰고 다니니까 도대체 무슨 표정을 짓는지 모르겠잖아. 이렇게 방긋 웃고 다니면 얼마나 좋아? 매일 하나씩 만들어 줄 테니까 꼭 쓰고 다녀. 알았지?"

"어, 그, 그래. 잘 쓸게."

인성은 당황한 듯 말을 더듬거리며 인희 방에서 얼른 나왔다. 얼굴이 화끈거리며 가슴까지 벌렁벌렁 뛰었다. 인성은 객사 마루에 걸터앉아, 인희가 준 미소복면을 써 보았다.

예방이 앞에 서고 두 사람이 들것을 들고 진료소 입구를 빠져 나갔다.

'살펴볼 게 많았나? 이제 시체를 옮기네.'

곧이어 시체 하나가 또 나갔다.

인성은 학유 방으로 고개를 돌렸다. 방이 어두웠다. 두 의원 방도 똑같았다. 시간이 꽤 걸리는 것 같았다.

'저렇게까지 시체 상태를 살펴보고 적는 이유는 또 뭘까?'

죽은 사람이라고 해도 이것은 좀 너무하다는 생각이 들었다. 옷을 벗기고 남의 몸을 자세히 살펴보는 것은 죽은 사람에 대한 예의가 아니었다.

'어르신한테 가서 물어볼까?'

어제도 약용에게 이유를 직접 들었다. 이번에는 또 어떻게 답을 할지 궁금했다. 인성은 용기 내어 약용을 찾아갔다. 약용이 미소복면을 보고 환한 미소를 지었다.

"어르신, 병자를 살펴보고 기록하는 이유는 알겠는데요, 시체까지 조사해서 기록을 남기는 건……. 게다가 예의에도 벗어나고요."

인성은 생각했던 것을 모두 말하며 약용의 대답을 기다렸다.

"예전에도, 지금도 역병이 찾아왔다. 앞으로 또 찾아올 것이다. 하지만 똑같은 역병은 단 한 번도 없었지. 지금 우리는 낯설고 새로운 경험을 하는 중이다."

약용은 소와 닭의 죽음, 젊은 사람이 빨리 죽는 것을 얘기하면서, 이번 홍역은 예전에 볼 수 없는 새로운 상황이라 설명했다.

"정말요?"

인성은 약용을 바라보며 다음 말을 기다렸다.

"우리가 남긴 발자국이 뒷사람에게 길이 된다. 발자국을 따라 가다가 갑자기 사라졌다고 생각해 보아라. 그때부터 발자국을 보고 걷던 사람은 길을 잃고 온 산을 헤매지 않겠느냐? 이처럼 기록을 남길 때, 모든 것을 빠짐없이 적어야 한다. 하나라도 놓치면, 이것을 처음 보는 사람은 빠진 곳을 찾다가 갈팡질팡 혼란을 겪을 수 있어."

"우리가 남긴 발자국이 뒷사람에게 길이 된다. 정말 멋있는 말이네요."

인성은 약용의 말을 다시 중얼거리며 고개를 끄덕였다.

"하하. 내가 한 말은 아니다. 임진왜란 때, 의병 활동을 하신 서산대사가 남긴 말이지." 약용은 말을 끝내며 살포시 눈을 감았다. 그리고는 서산대사의 시를 떠올렸다.

답설야중거(踏雪野中去)	눈 덮인 들판을 걸어갈 때
불수호난행(不須胡亂行)	모름지기 발걸음을 함부로 걷지 마라.
금일아행적(今日我行跡)	오늘 내가 남기는 발자국이
수작후인정(遂作後人程)	그대로 뒷사람의 이정표가 되리니.

13. 다시 급습한 역병

섶다리를 건너 매을미 마을로 들어가 주막 앞을 지나갔다. 주모가 인성을 보며 손을 흔들었다.

“예쁜 복면을 썼네. 오늘도 좋은 소식 부탁해.”

“네, 알겠어요.”

고개를 끄덕이며 밝은 소리로 대답했다. 예쁜 복면이라는 말에 걸음도 경쾌했다.

거리에 오가는 사람이 많았다. 복면을 쓰라고 고함쳐도 귀를 닫았는지 모두 무시하며 인성을 피해 다녔다. 장터를 지나 골목으로 들어갔다.

“어!”

덩치 좋은 아저씨가 도리깨를 들고 콩을 타작했다. 도리깨질 몇 번마다 기침이 나왔다. 인성이 집안으로 뛰어 들어갔다.

"아저씨, 언제부터 기침을 하셨어요?"

"어제저녁부터 기침이 나고, 콧물도 나네."

"일단 이것부터 먼저 쓰세요."

복면을 내밀었다. 무뚝뚝하고 투박스러운 말투 때문인지 아저씨가 겁을 먹은 듯 고분고분 따라 주었다.

눈부터 보았다. 서당 개 삼 년이면 풍월을 읊는다는 말처럼 인성은 진짜 의원처럼 아저씨 몸을 자세히 살폈다. 홍역 초기 증상이 분명했다.

"아저씨, 꼼짝하지 말고 여기 계셔야 해요. 빨리 치료하지 않으면 죽을 수 있거든요."

"정말이냐?"

눈을 동그랗게 뜨며 얼굴을 찌푸렸다.

"가족이 몇 명이에요?"

"순팔 애미랑 순팔이까지 모두 세 명인데……."

인성은 봇짐에서 구비복면 두 개를 더 꺼냈다. 복면 사용법을 알려 주고, 진료소에서 사람이 올 때까지 가족과 거리를 두라고 당부했다.

아저씨 집을 나와 다시 골목을 훑었다. 근처에 있는 집을 유심히 살피며 걸었다. 세 집마다 한 명씩 모두 열세 명의 병자가 나왔다.

"이거 큰일인데……."

전속력으로 골목길을 빠져나와 진료소로 달렸다. 주막 앞에서 주모가 손을 흔들며 목청을 높였지만, 못 들은 척 앞만 보고 달렸다.

진료소에 들어서자마자 이방을 찾았다.

"헉, 헉, 열, 열세 명이요."

가쁜 숨을 식식거리며 얘기했다.

"좀 천천히 말해 보아라."

"열 세 명 이 라 구 요."

인성이 숨을 가다듬으며 한 글자씩 천천히 얘기했다.

"뭐라?"

이방은 믿지 못하겠다는 듯 눈을 크게 뜨며 고개를 세차게 흔들었다. 진료소가 생기고 나서 열세 명은 처음이었다. 인성이 내민 종이를 살펴보았다. 장터, 최 별감 동네, 오륜산 아랫동네에서 병자가 나왔다.

형방이 나졸 몇 명을 데리고 진료소를 급하게 빠져나갔다. 안에서도 준비할 게 많았다. 인성도 약방으로 뛰어가 일을 거들었다. 옷과 이불을 준비하고, 방 청소를 거들고, 창고에서 약재를

꺼내왔다. 점심도 먹지 못하고 발에 땀이 날 정도로 뛰어다녔다. 요 며칠 조용했던 진료소가 싸움이라도 난 듯 금세 난장판으로 변했다.

준비를 대충 끝내고, 인성은 창고 벽에 기대어 잠시 숨을 돌렸다.

"휴! 힘들어."

한숨을 쉬면서 주변을 둘러보았다. 너무 조용했다. 폭풍 오기 전의 고요함이 느껴졌다. 배에서 꼬르륵꼬르륵 소리가 났다.

"시간이 지났는데, 밥을 줄까?"

인성은 혼잣말하면서 일어났다. 새 병자가 들어오면, 밥 먹는 것조차 눈치를 봐야 했다. 인희 방 앞을 지나면서 고개를 슬쩍 돌렸다. 인희가 초조한지 일어났다 앉았다 하며 발을 동동 굴렀다.

"뭐하니?"

인성이 얼굴만 내밀고 말을 걸었다.

"그냥."

구슬픈 목소리였다. 인성은 고개를 빼다가 인희 발밑에 있는 보따리를 보았다.

"이제 다 나은 거야?"

"응."

짧은 대답이지만, 뭔가 석연치 않았다. 인성은 고개를 갸웃거리며 안으로 들어갔다.

오늘 아침, 최 의원이 인희에게 치료가 거의 끝났다며, 내일 한 번 더 살펴보고 진료소를 나가도 좋다고 얘기했다. 인희는 엄마를 혼자 두고 진료소를 떠나는 게 싫고 불안했다.

"언제는 엄마 잔소리 듣지 않으니까 편해서 좋다며?"

인성은 머리를 살래살래 흔들며 장난치듯 얘기했다.

"나도 그런 줄 알았는데, 나간다고 생각하니까 그게 아니야."

목소리가 침울했다. 평소에 듣던 인희 목소리가 아니었다. 인희는 자리에 앉아 흐르는 눈물을 손등으로 쓱 훔쳤다. 인성은 이럴 때 뭘 해야 할지 몰랐다. 가만히 서서 우두커니 인희를 바라보았다.

"오빠, 아프다고 얘기하고, 여기 계속 있으면 안 돼?"

가득 고인 눈물이 볼을 타고 주르륵 흘렀다.

"여긴 위험한 곳이야. 여기보다는 집이 더 안전할 거야."

"칫, 한 번 걸리면, 다시 걸리지 않는다고 해놓곤, 인제 와서 딴소리야."

인희가 톡 쏘아대는 말에 인성은 할 말이 없었다.

"그건……."

"어험."

최 의원이 헛기침을 한 번 하고 인희 방으로 들어왔다. 인성은 다행이라 생각하며 인희 방을 빠져나왔다.

해 질 무렵, 형방이 병자 세 명을 데리고 진료소로 들어왔다. 곧이어 호방, 예방이 들어오며 병자를 데려왔다. 한쪽에서는 약을 달이라고 고함치고, 한쪽에서는 옷을 달라고 소리쳤다. 약 달일 숯이 모자라 허 의원이 직접 나를 정도로 바빴다.

밝은 달이 떴지만, 저녁 회의를 열지 못했다. 약용이 곳곳을 살피며 돌아다녔다. 누구를 불러 물어볼 만큼 한가한 사람이 단 한 명도 없었다. 새 병자가 갑자기 늘어나자, 일손이 턱없이 부족했다. 혹시라도 내일 또 병자가 발생하면, 진료소는 엉망진창이 될 게 분명했다. 게다가 내일 아침에는 최 별감 집에서 쌀을 가져와야 했다.

최 별감이 서쪽 하늘에 뜬 달을 보다가 얼굴을 찌푸렸다. 훤한 달이 마치 약용의 얼굴을 보는 것 같아 기분이 나빴다.

"쿨럭쿨럭. 쿨럭쿨럭."

희미하게 들렸지만, 기침 소리가 분명했다.

'누가 기침을 하지?'

혹시나 하는 마음에 소리가 나는 곳으로 천천히 움직였다. 안채 쪽이었다.

"쿨럭쿨럭. 쿨럭쿨럭."

다가갈수록 소리가 더 커졌다.

"혹시."

중문을 지나 안채로 들어갔다.

"지금 기침하는 사람이 누구냐?"

최 별감이 큰 소리로 얘기하자, 며느리가 버선발로 마당까지 내려왔다.

"아버님, 창수가……."

"뭐, 우리 창수가?"

방 안으로 뛰어 들어가 손주를 살폈다. 한창 뛰어놀아야 할 일곱 살 꼬마가 힘없이 누워 있다는 게 너무 가슴 아팠다. 손을 대 보니 몸이 불덩이같이 뜨거웠다. 불안했다. 감기라면 다행이지만, 요즘 유행하는 역병이라면 큰일이었다.

"밖에 누구 없느냐?"

최 별감이 마루까지 뛰어나가 몇 번을 고함쳤다. 집사가 주섬주섬 갓을 고쳐 매며 달려왔다.

"읍내로 가서 허 의원을 모셔오너라. 지금 당장."

최 별감이 화를 내며 소리쳤지만, 집사가 눈치를 보며 머뭇거렸다. 지금 허 의원이 북창 진료소에 있다는 것을 알기 때문이었다. 오사 마을 최 의원도 마찬가지였다.

"뭐라! 의원이 곡산 말고는 없더냐? 개성으로 가든, 평양을 가든, 의원을 당장 모셔 오너라!"

최 별감은 거친 숨을 내쉬며 소리를 빽빽 질렀다. 집사와 마름이 말을 몰고 집을 나섰다. 집사는 평양으로, 마름은 개성으로 향했다. 그래도 불안했는지 최 별감은 하인을 불러 인삼과 녹용을 달이게 했다.

방에 앉아 한없이 기다릴 수 없었다. 마음이 초조했다. 최 별감은 대문 밖까지 나가 집사와 마름을 기다렸다. 시간이 꽤 흘렀다. 서쪽에 뜬 달이 하늘 꼭대기를 지나 동쪽으로 떨어졌다.

"이놈의 곡산 부사."

최 별감은 밝은 달을 보면서 이빨을 뽀득뽀득 갈았다.

한참이 지났지만, 두 사람이 나타나지 않았다. 최 별감은 안채 마당으로 들어갔다. 젊은 여종이 인삼, 녹용 달인 물을 그릇에 따랐다.

"내가 가져가마."

최 별감이 그릇을 들고 안으로 들어갔다.

"아가, 이거 좀 먹여 보아라."

"네, 아버님. 콜록콜록."

며느리가 얼굴을 돌리며 기침했다. 최 별감은 불안한 듯 얼굴이 하얗게 변했다.

새벽녘, 평양에 갔던 집사가 돌아왔다. 평양에 역병이 돌았다. 곳곳을 들쑤시고 다녔지만, 의원을 찾았을 수 없었다. 수천 명 넘는 사람이 역병으로 죽어 곳곳에 시체가 널브러져 있다고 전했다. 이제 개성으로 간 마름을 기대해 보는 수밖에 없었다.

14. 허 의원을 데려오너라!

봇짐을 챙겨 나왔지만, 인성은 잠이 덜 깼는지 눈이 반쯤 감겼다. 어젯밤에 진료소 일이 많아 이곳저곳을 돕다 보니 몇 시간 잠을 자지 못했다. 진료소 문 앞까지 느릿느릿 거북이처럼 움직였다.

"뭐지?"

아침부터 꽤 많은 사람이 진료소 담벼락 앞에 몰려 있었다. 오늘부터 마을 사람 모두에게 구휼미를 풀었다. 긴 줄을 보자, 마음이 씁쓸했다.

"거리를 좀 두고 멀리 떨어지세요."

형방이 소리를 빽빽 질러대며 줄을 세웠다. 호방은 뒤에서 구비복면을 나눠 주면서 돌아다녔다. 인성이 진료소를 빠져나와 한적한 숲길로 들어갔다. 아직도 몸이 무거웠다. 바위에 앉아 잠시 쉬었다.

"인성아, 같이 가자꾸나."

이방이 빠른 걸음으로 다가왔다. 가는 곳은 최 별감 집이었다. 진료소에서 데려갈 사람이 없어 삯을 더 주더라도 이방 혼자 수단껏 쌀을 실어 오라는 명령을 받았다.

"진짜 큰일이네요. 사람이 없어서……."

이방과 이런저런 얘기를 하면서 마을 입구까지 같이 갔다. 갈림길에서 이방과 헤어지고 장터로 향했다.

매일 주막 앞에서 손을 흔드는 주모가 보이지 않았다. 어제 한바탕 난리 났다는 소문이 돌았는지, 거리에는 사람도 없었다. 인성은 귀를 쫑긋 세우고 장터 주변부터 뒤졌다. 시작부터 다섯 명이 나왔다. 고샅길을 빠져나와 언덕을 넘었다. 아래로 내려가면 최 별감 집이었다.

고래 등 같은 기와집 앞에서 두 사람이 실랑이를 벌이는 듯 꽤 거친 소리가 언덕까지 들려왔다.

"이방 어른, 안 된다고 몇 번이고 말하지 않습니까?"

집사가 이방에게 애원하며 말했다.

"약속은 약속이지 않소. 이러면 곤란하오."

오늘 아침, 마름이 돌아왔다. 개성에도 역병이 돌아 수천 명이 죽었고, 의원도 찾을 수 없었다. 최 별감은 마름의 얘기를 듣자마자, 허 의원을 당장 데려오라 고함쳤다. 허 의원이 오지 않으면, 쌀 한 톨도 내주지 말라고 분부했다.

인성은 조금 떨어진 곳에서 두 사람의 얘기를 들었다. 일지를 펼쳐 최 별감 손자와 며느리를 적어 넣었다. 인성은 최 별감 집 앞에서 이방에게 말없이 인사하고 재빨리 지나갔다. 오륜산 아랫동네에서 무려 일곱 명이 나왔다. 모두 열네 명이었다. 앞이 깜깜했다. 어제도 눈코 뜰 새 없이 바빴는데 오늘은 생각하기조차 싫었다.

북창에 다다랐을 무렵, 쌀을 받아 오는 사람과 마주쳤다. 복면이 얼굴을 가려 표정을 볼 수 없지만, 항아리에 쌀을 담아 지게를 지고 가는 사람, 쌀 넣은 보따리를 이고 가는 아주머니 모두 발걸음이 경쾌했다.

언덕을 내려가자 멀리 거뭇한 지붕이 보였다. 진료소 앞은 언제 사람이 모였냐는 듯 아주 고요했다. 하지만 담벼락 너머 진료소 안은 전쟁터를 방불케 할 만큼 심각했다.

약용과 이방의 주고받는 대화가 심상치 않았다. 오늘부터 구휼미를 더 풀었으니, 이틀 뒤면 모두 굶어 죽을 상황이었다. 인성은 멀리서 약용을 보고 천천히 다가갔다.

"고생 많았다. 오늘은 몇 명이더냐?"

"열네 명입니다."

침착하게 얘기하고 이방에게 일지를 건넸다. 약용은 차분한 표정을 지으며 고개를 끄덕였지만, 이방은 놀란 듯 입을 쩍 벌렸다.

"평소대로 병자를 모두 데려오시오. 나는 약방으로 가서 미리 준비하라 일러두겠소."

약용의 목소리가 너무 침착했다. 인성은 신기하고 이상했다. 이런 상황에서 감정이 흔들리지 않고 차분할 수 있다는 게 놀라웠다.

약용이 천천히 걸었다. 인성도 약용을 뒤따라 걸음을 맞췄다. 약용은 약방으로 가면서도 일부러 먼 길을 택했다. 뭔가 깊은 생각에 빠진 듯 천천히 움직였다.

'어! 내가 왜 따라가지?'

인성은 잠시 주춤거리며 약용을 바라보았다. 약용의 뒷모습이 오늘따라 더 크게 느껴졌다. 진짜 약용처럼 큰 사람이 되고 싶다는 생각이 들었다.

약용이 허 의원을 만났다. 최 별감네 얘기와 오늘 들어올 새 병자에 대해 말해 주었다. 허 의원이 놀라자 이마 주름살이 심하게 접혔다.

"어떻게 하면 좋겠소?"

약용의 질문에 허 의원은 곰곰이 생각했다. 어제 들어온 병자 때문에 잠시라도 자리를 비울 수 없었다. 열네 명의 새 병자가 들어오면, 최 의원 혼자 약방을 지키는 것은 죽으라는 소리와 다름없었다.

"새 병자가 들어오기 전에, 최 별감 집에 얼른 다녀오겠습니다. 제가 어떻게든 설득해 최 별감 손자와 며느리를 진료소로 데려오겠습니다."

"알겠소. 말을 타고 가시오. 허 의원만 믿겠소."

허 의원이 떠나고 약방은 어제처럼 또 한바탕 난리를 치렀다. 새 병자가 또 들어오면 이제 팔십 명이 넘었다. 약, 밥, 빨래까지 모두 팔십 명에 맞춰야 하고, 진료소 일을 거드는 사람까지 모두 백 명 넘는 식구를 감당해야 할 형편이었다.

인성이 창고 앞을 지나가다가 인희 방을 슬쩍 보았다. 오늘 나간다고 했는데, 인희가 방에 있는 게 이상했다. 인성이 뒷걸음치며 방으로 들어갔다.

"오빠, 오늘 무슨 일 있어? 최 의원님 바빠?"

인희가 우울한 눈빛으로 인성을 바라보며 물었다. 인성은 어제오는 벌어진 일을 짧게 얘기했다.

"그래서, 안 오셨구나. 잘됐네. 여기 하루 더 있지. 뭐."

인희는 다행이라는 듯 목소리가 다시 밝아졌다. 최 의원이 너무 바빠 인희 방을 찾아오지 못했다.

"알았어. 자."

인희가 보자기 속에서 미소복면을 꺼내 주었다.

"미안, 오늘은 너무 바빠서 그냥 간다."

"엄마한테 잘 있다고 전해 줘. 꼭!"

인성은 인희 방을 나와 숯 창고로 뛰어갔다. 숯을 지게에 올리고 약 달이는 곳으로 천천히 움직였다. 점심을 먹지 못해 다리에 힘이 없었다. 이러다가 저녁도 못 먹을 게 분명했다.

"밥도 못 먹고 굶어 죽는 거 아냐?"

비틀거리며 숯을 겨우 옮기고, 그늘에서 잠시 쉬었다. 인희가 어제 한 말이 불쑥 떠올랐다.

"칫, 한 번 걸리면, 다시 걸리지 않는다고 해 놓곤, 인제 와서 딴소리하긴."

다시 생각해도 틀린 말이 아니었다. 지금까지 여기 있었지만, 자신이 역병에 걸리지 않았다는 것을 새롭게 떠올렸다. 게다가 치료받고 진료소를 나간 사람이 다시 들어온 경우가 단 한 번도 없었다.

“맞네, 바로 이거야. 인희 똑똑한데!”

인성은 지게를 갖다 놓고, 약용에게 뛰어갔다. 방금 생각한 것을 약용에게 털어놓았다. 치료를 끝내고 나간 사람에게 품삯을 주고 진료소에서 일을 거들게 하는 방법이었다.

“진료소 형편도 잘 알고, 홍역은 한 번 앓고 나면, 다시 걸리지 않는다는 것도 이미 알잖아요.”

“그래, 맞다. 정말 좋은 생각이야. 지금 당장 해야겠구나.”

약용은 손으로 무릎을 치며 밝은 목소리로 얘기했다.

허 의원이 말에서 내리자마자 집 안으로 달려갔다. 최 별감이 기다렸다는 듯 마당까지 뛰어나왔다.

“허 의원, 우리 손주 좀 살려 주게.”

“알겠습니다. 어느 방입니까?”

허 의원을 안채로 데려갔다. 며느리가 힘겹게 일어나며 공손히 인사했다.

“혹시…….”

허 의원이 며느리에게 고개를 돌렸다.

“네. 저도 어제저녁부터…….”

허 의원은 봇짐 속에서 구비복면을 꺼냈다.

“지금 당장 이것을 모두 쓰라고 하십시오.”

나무라듯 목청을 높였다. 구비복면을 왜 써야 하는지 설명했다. 모두 군말 없이 구비복면을 얼굴에 둘렀다.

"집안에 기침하는 사람은 또 없습니까?"

"없네."

허 의원은 누워 있는 손자를 먼저 살핀 뒤, 며느리를 보았다. 둘 다 홍역 증세 초기였지만, 손주 몸이 너무 뜨거웠다.

"이상한데?"

허 의원이 갸웃거리며 혼잣말하다가 손주 몸에 다시 한번 손을 올렸다. 고개를 돌리다가 손주 머리 위에 있는 약사발을 발견했다.

"혹시, 저건 뭡니까?"

최 별감은 인삼, 녹용을 달여 손주에게 먹였다고 얘기했다. 허 의원이 깜짝 놀라며 얼굴이 하얗게 변했다. 인삼이 홍역에는 독이라고 말하자, 최 별감 얼굴이 흙빛으로 바뀌었다.

"뭐, 인삼이! 우리 손주, 며느리 좀 살려 주게. 제발 부탁이네. 휴!"

최 별감이 울먹거리며 얘기하다가 마지막에 긴 한숨을 내쉬었다.

"어르신, 지금 당장 진료소로 데려가겠습니다. 사흘이 고비입니다."

“여기서 치료하면 안 되겠는가?

최 별감이 부탁하듯 목소리가 부드러웠다.

”여기는 약재도 없습니다. 그리고 저를 기다리는 병자가 너무 많습니다.“

”그래도 여기서 치료하는 게 내 마음이 더 편할 듯하네.“

몇 번을 설득했지만, 최 별감은 고집을 꺾지 않았다. 진료소에 병자가 너무 많아 병이 더 나빠질 것을 걱정하기 때문이었다. 허 의원은 지금까지 진료소에 몇 명의 병자가 들어왔고, 치료가 끝난 사람이 몇 명인지, 죽은 사람의 숫자는 어떻게 되는지 자세히 알려 줬다.

“뭐? 죽은 사람이 열댓 명에, 지금까지 병자가 고작 백 명 정도밖에 안 된다고? 정말인가?”

최 별감은 깜짝 놀라며 몇 번이고 다시 물었다. 집사와 마름이 평양과 개성을 다녀오면서 수천 명이 역병으로 죽었다는 말을 들었다. 믿을 수 없었지만, 약용이 곡산을 위해 정말 훌륭한 일을 했다는 생각이 들었다.

“네, 모두 사실입니다.”

허 의원이 치료 방법에 관해 다시 한번 얘기하면서 최 별감을 달랬다.

“알겠네. 자네 시키는 대로 하겠네. 그리고……, 내일 아침에 구휼미를 보내겠네.”

“어르신, 방금 드린 복면이 별것 아닌 것처럼 보일 수 있습니다. 하지만, 이것은 역병을 막을 수 있는 유일한 도구입니다.”

15. 씁쓸한 기억

아침부터 진료소는 잔치라도 열린 듯 시끌벅적 흥에 겨웠다. 최 별감이 보낸 엄청난 쌀을 보며 모두 즐거워했다. 인성이 흐뭇한 표정을 지으며 진료소를 나왔다. 가는 길에 줄지어 쌀을 싣고 오는 수레를 보았다. 섶다리를 건너 매을미 마을로 들어갔다. 새 병자를 찾다가도 공터를 보면 방을 붙였다. 도중에 치료를 끝내고 나간 사람도 찾아다녔다. 방을 보여 주며, 진료소 일을 도와달라고 부탁했다.

"휴! 힘들어."

다른 날보다 시간이 더 걸렸지만, 아침에 본 엄청난 쌀을 생각하면 배가 고프지 않았다. 다시 진료소를 향해 힘차게 뛰어갔다.

진료소 앞에 쌓인 쌀가마니를 보며 깜짝 놀랐다. 아침보다 더 많았다. 커다란 산 하나가 바로 앞에 있는 것처럼 웅장했다.

이방이 인성을 먼저 보고 다가왔다.

"고생 많았다. 어서 가서 점심을 먹거라. 참! 오늘은 몇 명이냐?"

"세 명이요."

일지를 보여 주며 대답했다. 인성은 곧장 안으로 들어갔다. 진료소가 온종일 정신없이 돌아갔다. 약방 일을 돕다 보면 밥때를 또 놓칠 수 있었다. 창고 앞을 지나면서 인희 방을 슬쩍 보았다. 썰렁한 빈방이었다. 인성이 마을에 간 사이 인희와 함께 치료가 끝난 다섯 명이 진료소를 나갔다고 생각했다. 인희 엄마 얼굴이 불쑥 떠올랐다. 건물 끝에서 왼쪽으로 돌았다.

"아주머니, 마을에 다녀오는 동안 따님이 진료소에서 나갔어요."

인성이 방 앞에 서서 얘기했다.

"잘됐네, 잘됐어. 그동안 얼마나 답답했을까? 여기 나간다니까 아주 좋아하지?"

인희 엄마는 손뼉을 치며 야스락거렸다.

"아뇨. 엄마 혼자 여기 두고 떠나려니 불안하다며, 아직 아프다고 거짓말해서 계속 있으면 안 되겠느냐고 하는 걸 겨우 말렸어요."

"우리 인희가 진짜 그렇게 말했어?"

"진짜예요. 나중에 집에 가면 꼭 물어보세요."

인성의 얘기에 인희 엄마는 눈에 눈물이 핑 도는 것을 억지로 참았다. 미우나 고우나 자식밖에 없다는 생각이 들었다.

점심을 후딱 해치우고 병자 방 청소를 시작했다. 오늘은 세 명밖에 없어 혼자 해도 충분했다. 작은 빗자루를 잡고 벽에 뚫린 봉창부터 먼지를 털었다.

"무슨 소리지?"

옆방에서 허 의원과 약초꾼 할아버지의 대화가 들렸다.

"통풍약을 끊었는데, 손발은 어떠세요?"

"의원님이 개다래 환을 먹지 말라고 해서 그런지, 이제 하나도 안 아픕니다."

얘기를 듣자 가슴이 뭉클했다. 할아버지가 통증을 참기 위해 온종일 손발을 주무르는 것을 몇 번이나 보았다. 모두 고생하는 것을 알기 때문에 상대를 편하게 해 주기 위해 저렇게 말하는 것 같았다.

"의원님, 다른 사람은 십 일 지나면 나가던데, 저는 보름이 다 돼도 그대로인 것 같습니다. 빨리 나가서 우리 새끼들 봐야 하는데…….”

“손주가 많이 보고 싶으신가 봐요. 약을 바꿨으니 며칠만 더 기다려 보세요.”

“손주는 아니고, 적적해서 강아지 한 마리를 키우는데, 정이 들어 이제 자식 같습니다. 이웃에게 일주일만 봐달라고 부탁했는데……. 밥은 제대로 먹는지 걱정도 되고, 보고도 싶고, 그렇습니다.”

할아버지 얘기가 인성의 가슴 속을 훅 파고들었다. 몇 마디 말이 더 오고 간 뒤, 대화가 뚝 끊겼다. 인성은 청소를 끝내고 밖으로 나갔다.

“이놈들 내가 누군 줄 아느냐?”

옆 건물 너머에서 큰 소리가 들렸다. 새로 들어온 병자가 난동을 부리는 게 분명했다. 인성은 다른 방으로 들어가려다 몸을 돌려 재빨리 옆 건물로 뛰어갔다.

“어!”

깜짝 놀라 걸음을 멈췄다. 놋쇠 요강이 데굴데굴 굴러다녔고, 바닥은 똥물로 흥건했다.

“창고 같은 곳에 사람을 가둬 놓고……, 내가 짐승도 아니고 밥만 주면 다야?”

어제 들어온 강 진사였다. 최 별감과 둘도 없는 친구였고, 곡산 향교에서도 제법 큰소리치는 양반이었다.

"나리, 죽을죄를 지었습니다. 한 번만 너그럽게 봐주십시오."

젊은 청년이 납작 엎드리며 빌었다. 인성이 한발 다가서며 젊은 청년을 유심히 살폈다. 어디서 본 듯하지만, 여기서 일하는 사람이 아닌 것 같았다.

"나리, 혹시 무슨 일로 그러신지요?"

인성이 강 진사 앞에 서서 공손하게 물었다.

"네가 누군데 감히 끼어드는 거냐?"

인성이 자신을 간단히 소개하자, 강 진사가 두툼한 봉투를 내밀었다. 최 별감에게 보내는 편지였다.

젊은 청년은 오늘 아침 진료소에서 나가려고 했지만, 이방의 설득으로 당분간 여기서 일하기로 마음먹었다. 청년은 밥을 나르다가 강 진사를 만났다. 강 진사 논을 부쳐 먹는 소작농이었다. 강 진사는 젊은 청년을 보자마자, 아랫사람 부리듯 지금 당장 편지 심부름 다녀오라며 명령하듯 얘기했다. 청년은 진료소 규칙 때문에 밖으로 나갈 수 없다며 몇 번이나 사정했지만, 강 진사는 막무가내 소리치며 난동을 부렸다.

"어르신, 내일 아침, 최 별감 어른께 편지를 꼭 전해드리겠습니다. 여기서 매일 밖으로 나갈 수 있는 사람은 저밖에 없습니다."

"알겠다."

강 진사가 고개를 팽 돌리며 당당하게 안으로 들어갔다.

강 진사가 북창 진료소에 들어갔다는 소문이 매을미 마을에 쫙 퍼졌다. 약용의 상소를 쓰기 위해 최 별감 집에 모였던 사람들이 최 별감을 찾아갔다. 모두 한마디씩 하며 최 별감을 손가락질했다.

"최 별감, 자세한 얘기를 들어보니, 곡산 부사가 잘못하기는커녕 모두 곡산 주민을 위해 한 일이라 들었소. 지금 당신이 무슨 짓을 한 줄 아시오? 상소에서 내 이름을 당장 빼시오."

"곡산 부사 하나 잡으려다가 우리 모두 죽게 생겼소! 도대체 사람 목숨보다 더 중요한 게 뭐가 있소?"

약용에게 서슴없이 거친 말을 했던 사람들이 이제는 최 별감에게 모질고 악독스러운 말을 퍼부었다.

최 별감은 방 안에 홀로 앉아 곰곰이 생각했다. 약용의 판결을 너그럽게 생각했다면, 조 풍헌 집에 마을 사람이 모이지 않았을 것이다. 약용을 쫓아내기 위해 상소를 쓰지 않았다면, 여럿이 모일 필요도 없었다. 이제 손자, 며느리까지 역병에 걸렸다.

'조금만 참았다면!'

숨이 막혔다. 방문을 활짝 열고 하늘을 바라보았다. 파란 하늘이 노을에 불타며 붉은 핏빛으로 물들었다. 구름 사이로 어린 손자 얼굴이 떠올랐다.

해 질 무렵, 젊은 부부가 방을 보고 진료소를 찾아왔다. 얼마 전 진료소에서 치료를 받고 나간 부부였다. 이방은 남편에게 숯 옮기는 일을, 부인에게 부엌일을 맡겼다. 이방이 일지를 들고 약방으로 뛰어갔다.

"나리, 저녁 회의는 어떻게 하시겠습니까?"

"여기서 간단히 보고하게. 다들 숨돌릴 여유조차 없이 바쁜 것 같네."

이방은 오늘 들어온 구휼미 수량, 치료받는 병자, 나간 병자의 숫자를 얘기했다. 마지막에 진료소 일을 돕겠다고 들어온 부부에 대해 말했다.

"잘됐구나!"

허 의원이 지나다가 약용을 보고 멈췄다.

"무슨 얘기인데 그렇게 좋아하십니까?"

"이방, 알겠네. 얼른 가서 일 보게."

약용이 이방에게 얘기한 뒤, 허 의원에게 다가갔다. 어제 인성에게 들었던 얘기와 진료소 일을 돕겠다고 찾아온 사람이 있다고 말하며 칭찬을 아끼지 않았다. 허 의원도 맞장구치며 인성을 칭찬했지만, 할 말이 남은 듯 잠시 머뭇거리다가 한 발 더 가까이 다가왔다.

"나리, 인성은 어떻게 만나셨습니까?"

목소리가 차분했다.

"이것도 인연이라면 인연이겠지요. 산길을 걷다가 곡소리를 듣고 외딴집을 찾아갔습니다. 할아버지 초상 치르는 것을 도와주고, 아이 혼자 내버려 둘 수 없어 데려왔습니다. 처음에는 표정이 어두워 걱정을 많이 했는데, 요즘은 많이 밝아져서 다행입니다. 이제 삶에 의욕도 있는 것 같고요. 이번 일 끝나면 글공부를 좀 시켜보려고 합니다."

약용은 인성이 의술에 관심이 있다는 것과 약초에 대해 많이 안다는 말까지 하면서 제대로 키우면 제법 쓸만한 재목이 될 것 같다고 속마음을 털어놓았다.

허 의원 눈가에 눈물이 살짝 맺혔다. 약용이 인성을 만나기 며칠 전, 자신도 그곳에 있었기 때문이다.

"사, 사실……, 인성의 할아버지와 잘 아는 사이입니다. 그 일만 떠올리면, 마음이 너무 씁쓸합니다. 인성이한테 큰 빚을 진 것 같습니다."

"그게 무슨 말입니까?"

약용이 허 의원에게 고개를 돌렸다.

허 의원이 인성의 할아버지 진료를 하러 갔을 때, 홍역을 의심했다. 하지만, 홍역에 대해 아는 게 없어 손을 쓸 수 없었다. 혹시나 잘못되면 자신도 병에 걸려 죽을지 모른다는 두려움 때문에 도망칠 수밖에 없었다.

"뭐요? 홍역이라는 걸 알았다면, 다른 사람에게 옮길 수 있다는 것을 생각하지 못했습니까?"

약용의 눈빛이 날카로웠다. 허 의원이 잠시 뜸을 들이며 입을 열었다.

"물론 생각했습니다. 깊은 산속이라 오가는 사람이 없어, 거기서 끝날 것이라 생각했습니다."

약용은 거친 말로 잘못을 나무라면서 허 의원의 판단이 아주 틀린 것은 아니라고 얘기했다. 인성의 할아버지는 매을미 마을 약방에 들렀다가 홍역에 걸렸다. 돌림병의 시작은 매을미 약방이었다.

"정말입니까?"

허 의원은 약용의 얘기를 듣고 너무 놀랐다.

"네, 그렇습니다. 허 의원님이 실수하신 게 또 하나 있습니다."

약용은 매을미 마을 사람이 읍내 약방까지 찾아온 것을 보고 역병을 의심했다. 인성의 할아버지와 강 의원이 비슷한 날 죽었다는 것을 알고 역병이 돈다고 확신했다. 그리고는 역병을 막기 위해 즉시 북창에 진료소를 꾸렸다.

"매을미 마을 사람들이 찾아왔을 때, 감기에 걸린 줄 알고…….
입이 열 개라도 할 말이 없습니다."

16. 밝고 둥근 달

허 의원이 둥근 달을 보며 조금 전 약용과 한 얘기를 떠올렸다. 달 속에 인성의 얼굴이 나타났다 사라졌다.

"여기서 뭘 하십니까?"

최 의원이 허 의원을 보고 달려왔다.

"혹시, 무슨 일이 생겼습니까?"

"그게 아니라, 낮에 허 의원님께서 봐주신 아주머니 있잖습니까? 지금 살펴보니 열이 많이 내렸습니다."

최 의원은 감사 인사를 하면서 다음 처방에 대해 또 물었다.

진료소에 들어오는 병자는 두 사람이 절반씩 나누어 치료했다. 하지만 허 의원이 맡은 병자가 훨씬 빨리 나았다. 게다가 치료를 끝내고 나가는 병자도 허 의원이 더 많았다.

허 의원이 치료 방법을 자세히 알려 주었다.

"도대체 비법이 뭡니까? 진짜 화타가 따로 없습니다."

최 의원은 한껏 목청을 키워가며 허 의원을 치켜세웠다.

"화타라니요? 부끄럽게."

인성이 약방으로 들어가다가 두 사람의 대화를 우연히 들었다.

'화타? 화타가 뭐지?'

인성은 약재를 쌓아 놓고 다시 나왔다.

저녁을 먹고 인성은 마루에 걸터앉아 둥근달을 보았다. 밝은 달이 하늘 꼭대기를 향해 힘겹게 올라갔다. 학유가 인성을 보고 잽싸게 뛰어왔다.

"인성아, 많이 힘들지? 내일 추석인데, 쉬지도 못하고 맨날 일만 하니……, 우리 이게 뭐냐?"

"그러게, 내일은 추석인데 송편이라도 주려나?"

"글쎄……, 보름달을 보고 정성껏 빌어 보든지."

학유가 피식 웃으며 신을 벗고 마루로 올라갔다. 인성은 학유에게 조금 전에 들었던 '화타'에 관해 물었다. 화타는 죽은 사람을 살릴 정도로 의술이 뛰어난 중국 한나라 말기의 유명한 의원이었다.

"화타 말고 편작이라는 사람도 명의로 이름을 날렸지. 왜? 화타가 되고 싶어서?"

학유가 장난치듯 얘기를 하며 방으로 쏙 들어갔다.

'뭐, 화타? 자기가 그렇게 잘 고치면, 왜 우리 할아버지는 …….'

인성은 고개를 돌리며 얼굴을 찌푸렸다. 반쯤 벌어진 입에서 한숨이 새어 나왔다. 가만 생각해보니, 지금 허 의원은 예전과 많이 다른 것 같았다. 처음 진료소에 왔을 때, 병자를 보고 무서워했고, 가까이 다가가지도 못했다. 하지만 지금은 잠시라도 병자 곁을 떠나지 않았다. 병자를 살리기 위해 정성과 최선을 다했다.

'원래부터 실력이 좋은 거야? 아니면 이곳에 와서 갑자기 실력이 좋아진 거야? 헷갈리네.'

아무리 생각해도 원래부터 실력이 좋다는 건 인정할 수 없었다. 허 의원이 이곳에 왔을 때, 다른 건 몰라도 역병 치료는 형편없었다. 그게 아니라면 할아버지를 살피다가 치료를 포기하고 도망치듯 달아날 이유가 전혀 없었다.

'보름 만에 실력이 늘었다면?'

한참을 생각했다.

'책 때문인가?'

긴가민가했다. 두 의원은 여기 와서 밤을 새워 가며 약용이 쓴 마과회통을 읽었다. 시간이 날 때마다 약용에게 치료 방법을 배웠다.

'맞네, 최 의원도 처음에는 홍역에 대해 아는 게 없었어. 그렇다면 마과회통을 읽고, 약용 나리한테 배워서…….'

아무리 생각해도 이런 결론밖에 낼 수 없었다.

'내가 오해를 한 걸까?'

지금까지 허 의원을 무턱대고 미워했다는 생각이 들었다. 알고 치료하지 않았다면 나쁜 사람이 맞지만, 몰라서 못 했다면 그건 또 다른 경우였다.

"그냥 사람을 미워할 수도 없고, 미치겠네."

인성은 일어나서 저벅저벅 걸었다. 주먹만 한 돌멩이 하나가 발에 툭 걸렸다.

"화타 좋아하시네. 돌팔이면서. 약용 어른이 화타일세. 하하!"

돌멩이를 힘차게 걷어차며 걸걸하게 웃었다. 돌멩이가 빗맞았는지 엉뚱한 방향으로 날아갔다. 약용은 밝은 달을 보며 가족을 생각했다. 처가에 갔던 부인과 막내딸이 곡산 관아로 돌아왔는지, 큰아들은 한양에서 과거 공부를 열심히 하는지 궁금했다.

"툭."

돌멩이가 약용의 엉덩이에 맞고 떨어졌다. 인성이 전속력으로 뛰어가 머리를 땅바닥까지 숙이며 빌었다.

“어르신, 죄송합니다. 용서해 주세요.”

“허허! 툭 소리가 나길래 홍시라도 떨어진 줄 알았는데, 돌멩이가 날아왔구나.”

“죄송합니다.”

“허허! 돌멩이를 찬 것을 보니, 무슨 기분 나쁜 일이 있었구나?”

“아, 아무것도 아닙니다. 죄송합니다. 용서해 주세요. 나, 나리.”

인성은 대답하지 않으려고 무진장 애를 썼지만, 약용은 얘기하지 않으면 용서하지 않겠다며 장난치듯 계속 말을 걸었다. 혼자 고민하며 속앓이하는 것보다 빨리 털어버리는 게 좋다고 생각하기 때문이었다.

인성이 조심스럽게 얘기를 꺼냈다.

“저, 허 의원님이 우리 집에 왔을 때, 할아버지가 홍역에 걸린 것을 알았을까요? 아니면 몰랐을까요?”

곤란한 질문이었다. 약용은 듣고도 답을 해줄 수 없었다. 홍역인 것을 알고 치료하지 않았다면, 허 의원은 할아버지를 죽인 원수가 될 수 있었다. 거짓말도 할 수 없었다. 게다가 당시 허 의원이 홍역 치료에 대해 잘 몰랐다고 얘기하는 것이 변명밖에 되지 않았다. 지금 허 의원은 홍역에 대해 모르는 게 없을 만큼 실력이 뛰어났다. 허 의원이 맡은 병자 대부분이 빠르게 회복했고, 사망자도 거의 없었다.

"글쎄……."

약용은 어떻게 얘기해야 할지 고민하며 말을 꺼내다 잠시 멈췄다.

"저, 여기 들어가야 해요."

진료소 입구에서 여자아이 목소리가 들렸다. 큰 소리가 아니었지만, 인성은 인희라는 것을 바로 알았다.

"어! 쟤가 왜 여기에?"

약용이 진료소 입구 쪽으로 고개를 돌렸다.

"아는 아이냐?"

"네, 오늘 진료소로 나간 여자아이인데……."

"어서 가보자."

약용이 먼저 앞장섰다. 다행이라는 생각이 들었다. 약용이 나졸에게 무슨 일인지 먼저 듣고 인희에게 다시 또 물었다. 인희가 종이 한 장을 들어 보였다. 치료받고 나간 사람 중에서 진료소 일을 도와줄 사람이 필요하다는 방이었다.

"거기 15세 이상이라도 적혀있지 않느냐?"

"알아요. 그런데 무서워서 혼자 못 자겠어요. 우리 엄마가 여기 있어요. 엄마가 나갈 때까지 여기서 같이 일하면 안 돼요?"

틀린 말이 아니었다. 어린 여자아이를 집에 혼자 두게 하는 것도 어른이 할 도리는 아니었다.

"인성아, 저 아이가 오늘 여기서 진료받고 나간 것이 맞느냐?"

"네, 맞습니다."

"저 아이가 원하는 대로 해 주거라."

둥근 달이 하늘 꼭대기에 올라갔다. 밤이 깊었지만, 최 별감은 잠이 안 오는지 문을 열고 하늘을 바라보았다. 며느리 걱정, 손자 걱정을 하다가 문을 닫았다. 모든 시름이 둥근달 속에 들어 있는 듯 밝은 달이 어둡고 쓸쓸하게 느껴졌다. 책을 펼쳤다. 책장을 넘겨도 글자가 아른거렸다. 오히려 글자가 춤을 추며 무슨 말을 하는 것 같았다. 모두 자신을 원망하는 글귀였다. 이제 환청까지 들렸다.

'최 별감, 당신이 우리 아들을 죽였어.'

'당신이 설치지 않았다면, 역병이 커지지 않았을 거야. 모두 당신 책임이야.'

최 별감은 머리를 쥐어뜯으며 자리에서 일어났다. 조용히 밖으로 나가 길을 걸었다. 찬 바람이라도 쐬면 답답한 가슴이 조금이나마 뚫릴 것 같았다. 머리 위에 뜬 달이 주변을 훤하게 밝혔다. 이 생각 저 생각하면서 걷다 보니 논둑까지 와 있었다. 추수하지 못한 나락이 논에 그대로 있었다.

'내가 봐도 가슴이 아픈데, 농사짓고도 추수하지 못하는 사람은 마음이 얼마나 괴로울까?'

얼마 전까지 소작료를 걷어 오라고 마름을 닦달했다.

왔던 길을 다시 돌아갔다. 집으로 들어가 별채로 바로 갔다. 집사 방에 아직 불이 켜져 있었다.

"어흠!"

"어르신, 여기까지."

집사가 문을 열고 잽싸게 마루까지 뛰어나와 신을 신었다.

"아닐세, 잠시 들어가도 되겠나?"

목소리에 힘이 없었다. 섬돌 위에 당혜를 벗고, 방으로 들어가 앉았다.

"내일, 자네가 해 줄 일이 있네."

최 별감은 집사에게 부탁하듯 얘기를 꺼냈다. 내일 아침에 마을 곳곳을 돌아다니며 홍역에 걸린 사람이 몇 명이나 되는지 알아보라고 시켰다. 이름, 가족 숫자, 사는 형편까지 자세하게 조사해 오라는 얘기였다. 말끝에 창고 곡식이 얼마나 있는지 또 물었다. 집사가 장부를 보면서 창고 여러 곳에 남은 곡식을 살펴보았다. 구휼미로 이천 석이 나갔지만, 아직도 천석 정도 여유가 있었다.

“어려운 집에는 세 가마, 나머지는 두 가마씩 가져다주게. 올해 흉년이라 다들 어려울 거야.”

“그 많은 쌀을 그냥 주신다고요?”

“아무 말 말고 그냥 시키는 대로 하게. 그리고 내일 아침에 백설기를 좀 해 주게.”

“얼마나 할까요?”

“많이 하게. 백여 명은 먹어야 하지 않겠나.”

최 별감이 자리에서 일어났다. 무거운 마음이 이제야 조금 가벼워졌다. 고개를 들어 하늘을 보았다. 둥근달이 환하게 웃었다.

17. 할아버지가 남긴 선물

추석 아침이 밝아 왔다. 인성이 나가기 싫은 듯 방 안을 데굴데굴 구르다가 겨우 몸을 일으켰다.

"오늘도 가야 하나?"

누가 들으라는 듯 툴툴거리는 목소리가 제법 컸다.

"인성아, 힘든 거 다 안다. 조금이라도 방심하면 역병은 다시 찾아올 거야. 이제 끝이 보이니 우리 조금만 더 힘을 내자."

약용이 들었는지 문밖에서 조용히 얘기하며 지나갔다.

인성이 봇짐을 매고 진료소 밖으로 나갔다. 많은 사람이 구휼미를 받기 위해 한 줄로 서 있었다. 이제 소리치지 않아도 모두 복면을 쓰고 조금씩 거리를 두며 떨어졌다. 매올미 마을로 들어갔다. 거리에는 인적이 드물었다. 가끔 만나는 사람 모두 복면을 쓰고 돌아다녔다. 심지어 어떤 집은 아무도 들어올 수 없게 금줄까지 쳐 놓았다. 장터를 돌고 난 뒤 최 별감 집에 들렀다. 최 별감도 집사도 집에 없어 아들에게 강 진사 편지를 맡기고 나왔다. 마을을 돌고 난 다음 진료소로 향했다. 새 병자가 한 명도 없었다.

진료소 앞에 여러 사람이 모여 있었다. 약용과 최 별감이 얘기를 주고받았다.

"이제 오는구나. 오늘은 몇 명이나 나왔느냐?"

"한 명도 없어요."

"다행이구나. 참, 최 별감님이 백설기를 가져오셨구나. 들어가서 가져가라고 전하고, 허 의원님을 모셔 오너라."

인성은 떡을 보고 싱글벙글 좋아했다. 곧바로 안으로 뛰어 들어갔다.

최 별감은 약용을 보면서 눈물을 흘렸다. 연자방아 사건, 조풍헌 집에서의 모임, 탄핵 상소까지 하나씩 얘기하며 용서를 구했다.

"미안하네. 모든 일이 내 고집 때문에 일어난 것 같네. 그래서 말인데……."

최 별감은 며칠 전에 약용이 가져간 구휼미에 대해 돈을 받지 않겠다고 얘기했다.

"아닙니다. 공과 사는 구분해야 하지 않겠습니까?"

"아닐세, 내가 자네 일에 조금만 협조했더라도, 이만큼 일이 커지지 않았을 거야. 내 고집의 대가가 너무 크네. 너무 많은 사람이 죽었어."

최 별감은 눈물을 뚝뚝 흘리며 간곡히 얘기했다. 약용은 몇 번이고 거절했지만, 최 별감도 고집을 꺾지 않았다. 올해 농사는 예년과 비교해 형편없이 부실했다. 환곡이든, 구휼미든 풀지 않으면 많은 사람이 굶어 죽을 상황이었다. 쌀값으로 곡식을 더 사서 어려운 사람을 도와달라고 간곡히 부탁했다.

약용은 최 별감의 제안을 승낙했다. 인성이 허 의원을 모시고 밖으로 나왔다. 최 별감은 손자와 며느리의 안부를 듣고 집으로 돌아갔다. 병자 모두에게 백설기 한 덩이씩 돌아갔다. 모두 떡을 보고 즐거워했다. 사람들은 떡을 먹지 않고 조상님께 먼저 차례를 올렸다. 밤이 되자, 보름달이 떠올랐다. 병자들은 밖으로 나올 수 없어 봉창에 걸린 둥근달을 보며 방 안에서 소원을 빌었다.

일주일이 흘러갔지만, 새 병자가 한 명도 나오지 않았다. 이제 진료소에 남은 병자는 삼십 명도 채 되지 않았다. 거리에서 사람을 보기도 힘들었고, 가끔 만나는 사람 역시 모두 복면을 쓰고 돌아다녔다. 진료소는 조금씩 여유를 찾아갔다. 일을 돕겠다고 찾아온 사람도 하나둘 집으로 돌아갔다. 인희 엄마는 인희 성화에 못 이겨 마지막까지 일을 돕겠다며 진료소에 남았다. 최 별감 손자가 먼저 떠났고, 며칠 뒤 며느리도 진료소를 나갔다.

해 질 무렵, 인성은 약초꾼 할아버지의 소식을 들었다. 곧바로 할아버지 방으로 뛰어갔다.

"할아버지, 축하드려요. 내일 집으로 돌아가신다면서요."

"음, 그래."

목소리에 힘도 없고, 어딘가 모르게 구슬펐다. 인성은 이유를 물었지만, 할아버지는 한숨만 내쉴 뿐 아무 얘기도 하지 않았다.

"혹시? 누렁이 새끼 때문에 그러신 거죠?"

"네가 누렁이 새끼를 어떻게?"

인성은 마을에 갈 때마다 주먹밥을 하나씩 챙겼다. 할아버지 집은 가는 길에 있어 빼먹지 않고 들를 수 있었다.

"그래, 고맙다. 얼마나 걱정을 했는지……."

"미리 말씀드리려고 했는데 깜빡 잊었어요. 헤!"

인성의 대답에 할아버지 표정이 밝아졌다.

"할아버지, 저 갈게요. 곧 회의 시간이라서요."

인성이 촐랑거리며 할아버지 방을 나갔다.

약용은 방에 앉아 인성이 적은 일지, 학유가 정리한 기록, 약방 진료 기록을 모두 꺼내 놓고 살폈다. 진료소를 운영한 지 22일째였다. 이제 역병이 물러난 듯했지만, 아직 마음을 놓을 수 없었다. 지금까지 들어온 병자, 완치자 숫자를 셈하여 적고, 죽은 사람 숫자를 세어 보았다.

'지금 내가 뭘 하는 거지?'

뭔가로 머리통을 세게 얻어맞은 듯 정신이 아찔했다. 죽은 사람의 숫자. 이것은 숫자에 불과할 수 있지만, 숫자는 죽음을 의미했다. 사람의 생명을 숫자로 센다는 현실이 너무 비참했다.

'그래, 우리는 이 숫자가 커지는 것을 막기 위해 눈코 뜰 새 없이 바쁘게 보이지 않는 적과 싸웠지. 당연히 해야 할 일이지만, 누군가에게는 희생이자 고통이었을 거야.'

자신을 믿고 따라 준 모든 사람에게 고마움을 느꼈다.

"아버지, 모두 기다립니다."

학유가 문 앞에서 읊조리듯 얘기했다.

"그래, 내가 딴생각을 한다고 깜빡했구나."

약용은 문서와 일지를 주섬주섬 챙겨 대청마루로 뛰어나갔다.

매번 하던 것처럼 육방 아전이 먼저 보고를 시작했다. 해주, 개성, 평양, 한양에서 역병이 돌아 많은 사람이 죽었지만, 이제 조금씩 줄어든다는 소식이었다.

"고생했소. 아직 방심하긴 이르오. 모두 평소와 똑같이 행동해 주길 바라오."

이제 약방 차례였다. 허 의원이 진료소 병자, 완치자에 대해 보고했다. 일주일째 사망자는 단 한 명도 나오지 않았다. 삼사일 뒤면 진료소에 병자가 한 명도 없을 것 같다는 말을 덧붙였다. 모두 손뼉을 치며 기뻐했지만, 약용은 꿈쩍도 하지 않았다.

"칠 일째, 새 병자가 들어오지 않았습니다. 십사 일 동안 병자가 한 명도 나오지 않는다면, 적어도 곡산 관내에서 역병이 사라진 것으로 봐도 좋습니다. 일주일만 더 지켜보겠습니다."

약용은 딱딱한 말투로 얘기하며 회의를 끝냈다. 모두 천천히 일어나 자기 자리로 향했다. 허 의원이 할 말이 있는 듯 약용을 붙잡았다. 인성이 일어나다가 두 사람을 보고는 재빨리 기둥 뒤로 숨었다.

"나리, 여기 오신 지 이제 2년이 다 되어 가지요?"

"그렇습니다. 내일이라도 나라님이 부르시면 당장 여기를 떠나야 할 처지입니다."

"그래서 말인데요……."

허 의원이 차분하게 얘기를 꺼냈다. 남은 시간 동안 인성을 잘 보살펴달라는 말로 시작했다. 떠나기 전에 인성을 자기한테 보내 달라고 간곡히 부탁했다. 허 의원은 자신의 무지가 인성의 할아버지를 죽게 했다고 고백하면서, 인성이 뭘 원하든지 끝까지 책임지겠다고 다짐했다.

"인성의 할아버지 때문에 많이 힘드셨군요."

허 의원은 말없이 고개를 끄덕였다.

인성은 허 의원 얘기를 듣고 잠시 놀랐지만, 격한 감정을 억누르며 차분하게 생각했다. 허 의원이 홍역에 대해 정말 몰랐고, 두려움 때문에 산에서 내려갔다는 사실을 들었다.

예전에 학유가 한 말이 떠올랐다.

'관심이 없으니, 공부를 안 하는 거고. 아는 게 없으니, 홍역이 돌아도 손을 쓸 수가 없는 거지. 그래서 몽수 어른을 떠올리며 이름을 불렀던 거야.'

가볍게 생각하고 넘긴 말이었다. 학유가 왜 이런 말을 했는지 이제 알 것 같았다.

허 의원이 한 발 더 앞으로 다가왔다.

"맞습니다. 인성의 할아버지한테 진 빚을 갚고 싶습니다. 도와주십시오."

약용은 아무 말도 하지 않았다. 그리고는 옆으로 슬쩍 움직였다.

"인성아, 네 생각은 어떠냐?"

인성은 기둥 뒤에서 천천히 나왔지만, 고개를 들지 않았다.

"지금까지 허 의원님을 많이 미워했습니다. 진실을 알았으니, 이제부터 허 의원님을 원망하지 않겠습니다. 허 의원님이 저를 생각해서 하신 말씀은 나리가 곡산을 떠나실 때 대답하겠습니다."

"그래, 알겠다."

허 의원이 고개 숙이며 대답했다. 약용이 한 발 앞으로 걸어 나왔다.

"저도 두 의원님을 위해 준비한 선물이 있습니다."

약용은 마과회통에 관한 얘기를 꺼냈다. 매을미 마을의 역병과 싸우면서 모아 두었던 모든 기록을 마과회통에 덧붙일 계획이었다. 정리가 끝나는 대로 두 의원에게 한 질씩 선물해 주기로 약속했다.

"감사합니다. 의원에게 그보다 더 좋은 선물이 어디 있겠습니까?"

허 의원은 약용에게 감사 인사를 한 뒤, 인성에게 다가갔다.

"인성아, 미안하다. 세상에서 가장 아름다운 모습은 모든 것이 제자리를 지킬 때라고 늘 생각했는데, 나 스스로 내 자리를 지키지 못했구나."

인성은 두 사람을 보면서 눈물을 흘렸다.

할아버지가 돌아가신 날, 세상을 혼자 어떻게 살아갈지 너무 두려웠다. 하지만 약용을 만나 새로운 곳에서 새 삶을 시작할 수 있었다. 짧은 시간이지만, 인성은 약용에게 많은 것을 보고 배웠다. 약용은 보이지 않는 엄청난 적과 싸우면서 한발도 뒤로 물러서지 않았다. 인성은 약용을 지켜보며 위기를 어떻게 이겨 내야 하는지 배울 수 있었다.

'어떤 위기라도 미리 준비하면 반드시 이겨낼 수 있어.'

이것이 할아버지의 갑작스러운 죽음이 남긴 선물이라 생각했다. 할아버지 얼굴이 떠올랐다.

인성은 두 사람에게 인사하고 넓은 마당으로 나왔다. 잠시 걷다가 멈춰 서서 밤하늘을 물끄러미 올려다보았다. 할아버지와 평상에 누워 별을 보던 때가 생각났다. 할아버지와 약초를 캐며 살았던 평범했던 나날이 그리웠다.

"휴! 일주일이 지나면 진짜 여기를 떠날 수 있을까?"

에필로그

일주일이 또 흘러갔다. 역병이 완전히 물러난 듯 매을미 마을에서 병자가 나오지 않았다.

"내일 아침, 진료소 문을 닫겠소."

약용은 동시에 곡산 내 12개 마을에 내렸던 명령을 모두 거두어들인다고 발표했다. 이제 장터, 주막, 서당, 향교 등에 사람이 모여도 좋다는 얘기였다.

저녁 회의를 끝내고 약용이 숙소에 들어갔다.

"나리, 나리."

돌쇠가 진료소를 뛰어 들어왔다.

"네, 네가 여기까지 웬일이냐?"

약용이 돌쇠를 보고 깜짝 놀랐다.

며칠 전, 부인이 막내딸을 데리고 곡산으로 돌아왔다. 막내딸 구장이 아프다는 소식이었다.

"증세가 어떠하냐?"

"콧물이 나고, 마른기침이 있습니다."

얼핏 들어봐도 홍역 증세였다.

약용은 이방을 급히 불렀다. 저녁 회의에서 나온 얘기를 잠시 미루라고 명령했다. 말을 타고 급하게 곡산 관아로 달려갔다.

'이제 홍역을 물리쳤다고 생각했는데……, 곡산 읍내에 홍역이 돌면 어떡하지?'

세차게 말을 몰았다. 집으로 들어가자마자 막내딸 구장을 살폈다. 온 힘을 쏟아 치료했지만, 막내딸은 삼 일을 넘기지 못하고 눈을 감았다. 홍역은 아니었다. 약용은 막내딸을 묻으며 눈물을 펑펑 쏟았다.

"홍역에 비하면 천연두는 아무것도 아니라 생각했는데, 내 공부가 아직 여기까지 미치지 못했구나."

약용은 장례를 끝내고 굳게 결심했다.

'천연두도 꼭 잡아야겠어.'

몇 년 뒤, 정약용은 박제가와 함께 연구하면서, 우두 종두법으로 천연두를 치료할 수 있다는 사실을 알아냈다. 그래서《마과회통》마지막 장에는 천연두 치료법을 덧붙였다.

마과회통,
역병을 막아라!

초판 1쇄 인쇄 2020년 12월 15일
초판 1쇄 발행 2020년 12월 22일

지은이 정종영
그림 박은희
펴낸이 이범상
펴낸곳 (주)비전비엔피 · 애플북스

기획 편집 이경원 차재호 김승희 김연희 고연경 황서연 김태은 박승연
디자인 최원영 이상재 한우리
마케팅 이성호 최은석 전상미
전자책 김성화 김희정 이병준
관리 이다정

주소 우)04034 서울시 마포구 잔다리로7길 12 (서교동)
전화 02)338-2411 | **팩스** 02)338-2413
홈페이지 www.visionbp.co.kr
인스타그램 www.instagram.com/visioncorea
포스트 post.naver.com/visioncorea
이메일 visioncorea@naver.com
원고투고 editor@visionbp.co.kr

등록번호 제313-2007-000012호

ISBN 979-11-90147-36-1 03810

이 도서의 국립중앙도서관 출판예정도서목록(CIP)은 서지정보유통지원시스템 홈페이지(http://seoji.nl.go.kr)와 국가자료종합목록 구축시스템(http://kolis-net.nl.go.kr)에서 이용하실 수 있습니다. (CIP제어번호 : CIP2020050629)